EMILY BOLD

THE DARKEST RED
VON FLAMMEN VERZEHRT

ROMAN

The Darkest Red: Von Flammen verzehrt

Als im Jahr 64 n. Chr. Rom in Flammen steht, verbrennt nicht nur ein Großteil der Stadt am Tiber, sondern auch eine Wahrheit, die bis heute nicht ans Licht kommen sollte.

Juliens grausamer Widersacher hat Fays Schwester in seiner Gewalt. Um das Mädchen aus den Händen ihres Peinigers zu befreien, muss Juls sich seinen Feinden stellen, denn irgendwo zwischen tausend Jahren Verrat, Begierde und den Abgründen seiner eigenen Vergangenheit liegt die Wahrheit verborgen. Ein perfider Wettlauf durch die heilige Stadt am Tiber und die finsteren Geheimnisse des Vatikans beginnt, und Julien muss sich entscheiden: Ist er bereit, für Fays Schwester alles zu riskieren, oder ist ihm seine Mission wichtiger als seine Gefühle?

Autorin

Emily Bold lebt mit ihrer Familie in einem idyllischen Ort in Bayern mit Blick auf Wald und Wiesen - äußerst ruhig und inspirierend. Sie schreibt Liebesromane, Paranormal Romance und Jugendbücher.

Titel von Emily Bold

The Darkest Red: Aus Nebel geboren
The Darkest Red: Von Flammen verzehrt
The Darkest Red: Im Dunkel verborgen

Vanoras Fluch (The Curse 1)
Im Schatten der Schwestern (The Curse 2)
Das Vermächtnis (The Curse 3)

Ein Kuss in den Highlands
Klang der Gezeiten

Der Sehnsucht wildes Herz
Gefährliche Intrigen
Mitternachtsfalke
Blacksoul - In den Armen des Piraten

Vergessene Küsse
Verborgene Tränen
Verlorene Träume

EMILY BOLD

VON FLAMMEN VERZEHRT

DARKEST RED 2

Deutsche Erstausgabe 2014

Copyright © 2014 Emily Bold
Covergestaltung: © Johannes Wiebel | punchdesign
Autorenfoto: Guido Karp für p41d.com
Lektorat/Korrektorat: K. Schwaben-Beicht

http://emilybold.de
http://thecurse.de

Herstellung und Verlag: Books on Demand GmbH, Norderstedt

ISBN 13: 978-3-7357-7443-9

„DIE WAHRHEIT STIRBT NICHT IN DEN FLAMMEN."

Jan Hus

DIE SIGNORA

———— ◆ ————

Paschalis sah auf seine Uhr. Der goldene Zeiger wanderte unaufhörlich in Richtung der Zwölf, und mit jedem Ruck des Sekundenzeigers beschleunigte sich sein Puls weiter. Er tupfte sich mit einem karmesinroten Seidentuch die Stirn ab und lehnte sich in das weiche Leder des Rücksitzes zurück. Normalerweise genoss er die Stille in der kugelsicheren Limousine, in der auch Staatsgäste in den Vatikan eskortiert wurden, aber heute empfand der Kardinal den Mangel an Fahrgeräuschen als erdrückend.

Der Innenraum war auf angenehme 19 °Celsius klimatisiert, trotzdem stand ihm der Schweiß im engen Kragen seiner Soutane. Er wälzte seinen massigen Körper näher an die verchromte Lüftungsdüse heran und wischte sich erneut mit dem Tuch über Stirn und Oberlippe.

Er hätte gerne das Fenster einen Spalt geöffnet, um frische Luft hereinzulassen, aber er wusste, dass er damit nur die drückende Hitze hereinlassen würde, also ließ er es bleiben. Stattdessen versuchte er, mit einem Finger den Halsausschnitt seiner scharlachroten Mozzetta zu weiten. Er bekam kaum Luft. Und das Mittagessen lag ihm schwer im Magen und verursachte ihm Sodbrennen.

„Zum Teufel mit dieser Hitze!", fluchte er und sah

erneut auf die Uhr. Wenigstens würde er pünktlich sein. Etwas, das unbedingt von ihm erwartet wurde.

Um sich von dem Umschlag neben sich nicht weiter verunsichern zu lassen, warf er einen Blick aus dem Fenster.

Die zypressengesäumte Allee führte schnurgerade zur Küste, und ihm wurde vom abwechselnden Licht- und Schattenspiel auf dem Asphalt übel. Im Süden konnte er schon den Olivenhain ausmachen. Das Gutshaus des Anwesens mit den roten Ziegeln und dem weißen Putz strahlte in der Mittagssonne. In der weitläufigen Auffahrt standen teure Wagen. Hier konnten Geschäftskunden das kostbare Olivenöl der Manufaktur verkosten. Erlesene Weine, außergewöhnliche Käsesorten und frische Ciabatta wurden hier Vertretern der Spitzengastronomie oder wohlhabenden Privatkunden angeboten.

Der Fahrer des Kardinals steuerte den Wagen am Landsitz vorbei und verließ den vornehm gepflasterten Weg. Eine staubige Straße führte zwischen den in Reihen wachsenden Olivenbäumen hindurch, und mit jedem Staubkorn, das die Reifen aufwirbelten, wuchs Paschalis Nervosität. Sein Mund war trocken, und er schnappte nach Luft, als er das Brummen von Rotoren vernahm, die silbergraue Olivenbaumblätter auf den Wagen regnen ließen. Die Baumkronen tanzten im Wind, und das Surren wurde lauter.

Sobald sie die weiße Sandsteinklippe erreicht hatten, stoppte sein Fahrer die Limousine. Der Kardinal wischte sich den Schweiß aus dem Nacken und beobachtete angespannt, wie der Hubschrauber nur wenige Meter vor ihm auf der Klippe aufsetzte. Noch ehe die Kufen den Boden berührt hatten, sprang ein Mann aus dem Cockpit.

Er trug sein schwarzes Haar mit viel Gel nach hinten gekämmt, eine verspiegelte Sonnenbrille verdeckte seine

Augen. Ein beigefarbener Anzug saß passgenau an seinem durchtrainierten Körper.

Ein Maßanzug, das konnte Paschalis selbst auf die Entfernung erkennen – genau wie das Schulterholster und die Schusswaffe, die sich durch den Wind der Rotoren unter dem leichten Sakko abzeichneten.

Der Mann nahm eine breitbeinige, militärische Haltung ein und verschränkte die Hände hinter dem Rücken.

Der Kardinal glaubte, trotz der getönten Autoscheiben und der undurchsichtigen Sonnenbrille des Mannes, dessen abschätzenden Blick auf sich zu spüren. Halt suchend griff er nach dem goldenen Kruzifix, das er um den Hals trug, aber für ein Gebet war es nun wohl zu spät.

Mit zitternden Fingern nahm Paschalis den Umschlag, schob sich das rote Scheitelkäppchen zurecht und stieg aus. Die Hitze traf ihn wie eine Wand. Die noch immer drehenden Rotoren wirbelten ihm die heiße Luft entgegen, und er musste sich trotz seiner Leibesfülle gegen den starken Luftzug stemmen. Er beeilte sich, den Mann zu erreichen und sich scheu vor ihm zu verneigen.

Davon unbeeindruckt trat dieser dicht an den Würdenträger heran und durchsuchte ihn nach Waffen.

Als würde ich das wagen, dachte Paschalis und schämte sich, als er sein fettleibiges, ängstliches Spiegelbild in den Brillengläsern seines Gegenübers sah.

„Bueno", murmelte der Mann und schlug mit der Hand gegen die seitliche Schiebetür des Helikopters.

Paschalis trat ein Stück zurück, als sich diese öffnete und zwei weitere Männer herauskamen. Links und rechts vom Einstieg nahmen sie eine ähnliche Haltung an wie der Maßanzugtyp. Auch äußerlich waren sie ihm ähnlich. Verschlossene Gesichter, bullige Körper und teure Anzüge. Doch der Kardinal wusste, sie waren nur das Beiwerk zu seiner eigentlichen Verabredung.

Und die trat nun aus dem finsteren Innenraum an den Einstieg.

Paschalis spürte den Schweißtropfen, der ihm über die Kopfhaut in den Nacken lief, während er seine Augen über die langen, schlanken Beine nach oben wandern ließ. Elegante Seidenstrümpfe verschwanden unter dem knappen, weißen Rock und ließen kaum Spielraum für Fantasien. Die obersten Knöpfe ihrer schwarzen Bluse standen weit offen und gewährten einen Blick auf ihre vollen Brüste. Ihr schwarzes Haar fiel ihr lang über den Rücken, und nur die Sonnenbrille, die sie sich auf den Kopf geschoben hatte, verhinderte, dass der Wind ihr die Strähnen ins Gesicht blies.

Ihre stark getuschten Wimpern zogen Paschalis' Blick auf sich, sodass ihm das herablassende Zusammenkneifen ihrer nur mit Gloss betonten Lippen entging. Der Duft ihres schweren Parfums umhüllte ihn.

Wortlos trat sie an ihn heran, und Paschalis verneigte sich tief.

„Signora Colucci, welche Ehre, Sie zu treffen."

„Kardinal", erwiderte sie seinen Gruß kühl und musterte ihn herablassend. Ihre hohen Wangenknochen verliehen ihr ein aristokratisches Äußeres, das allein schon ausgereicht hätte, ihn einzuschüchtern.

„Kommt, lasst uns ein Stück gehen", forderte sie ihn auf und trat aus dem Schatten des Helikopters. Sie bedeutete ihm mit einer Armbewegung, sich ihr anzuschließen, und, obwohl er es verabscheute, sich der brennenden Hitze auszusetzen, zögerte er nicht.

Sofort brach ihm wieder der Schweiß aus und perlte auf seiner Oberlippe. Der Inhalt des Umschlages in seiner Hand wog schwerer als das reine Gewicht des Briefes, und mit jedem Schritt, den er ihr folgte, fühlte er sich älter und gebrechlicher. Marzia Coluccis Schatten erschien ihm dunkler, als es Schatten eigentlich waren. Wie ihr Haar, das aussah, als wäre es schwärzer als die mondloseste Nacht.

Reiß dich zusammen, ermahnte er sich, seine Unruhe nicht noch weiter durch derart übertriebene Fantasien zu beflügeln.

„Signora Colucci, ich muss gestehen, ich war überrascht, von Ihnen Nachricht zu erhalten. Darf ich fragen, weshalb mir diese Ehre zuteilwird?"

Er musste endlich wissen, warum man ihn ohne weitere Erklärung hierherbestellt hatte, denn, wenn er sich noch länger solche Gedanken machte, drohte ihm vermutlich ein Herzinfarkt. Das Stechen in seiner Brust verursachte ihm seit Langem Schmerzen. Am Ende des Tages, so schwor er sich, würde er sich etwas Erholung gönnen. Aber zuerst musste er dieses ungewöhnliche Treffen hinter sich bringen.

„Nun, ob es eine Ehre ist, wird sich noch herausstellen, Kardinal", erwiderte Marzia mit strengem Blick. „Man berichtete mir, Ihr hättet einen aktiven Versuch unternommen, die *Wahrheit* für uns zu gewinnen."

„Das ist richtig. Unsere Suche stagniert. Der Versuch, durch Signora Zanchetti das Versteck herauszubekommen, ist gescheitert. Und die Hüter haben in all den Jahren keine Fehler begangen. Es war an der Zeit, die Initiative zu ergreifen", rechtfertigte Paschalis sein Handeln.

Marzia blieb stehen und schüttelte ihr Haar mit einer flüssigen Bewegung zurück auf ihren Rücken. Sie hatten die Steilklippen erreicht, wo der weiße Fels kerzengerade zum türkisgrünen Wasser hin abfiel.

„Wir haben mit Bedacht in all der Zeit Zurückhaltung gezeigt, Eminenz, und sind unter den Augen der Hüter zur mächtigsten Institution der Welt aufgestiegen. Gerade nach der Sache mit dem Mädchen haben wir allen Grund, diese Männer zu fürchten. Aber sie durch unüberlegtes Handeln und ohne die Aussicht auf Erfolg in die Enge zu treiben – ja, ihnen die Pistole auf die Brust zu setzten –, war eine große Dummheit. Wir konnten bereits einmal einen Riss in die glänzende Rüstung der Hüter schlagen. Wir sind nicht tatenlos, Kardinal, nur weil wir im Moment darauf verzichten, uns mit gestreckten Lanzen in den Kampf zu stürzen."

Paschalis japste nach Luft. Er fasste sich ans Herz und wurde sich dabei des Umschlags bewusst, den er noch immer in den feuchten Händen hielt. Er reichte ihn Marzia in der Hoffnung, dadurch ihre Achtung zu gewinnen.

„Ich war davon überzeugt, Erfolg zu haben, Signora. Es ist mir gelungen, einen würdigen Gegner für dieses Pack zu finden."

Er tupfte sich den Schweiß von der Stirn und ging einen Schritt weiter, um der Schwere von Marzias Parfum zu entkommen, aber nun blendete ihn die Sonne, als er ihr zusah, wie sie den Brief öffnete. Er bemerkte, wie sie erstarrte.

„Was habt Ihr getan?", fragte sie und riss das Blatt heraus. Blankes Entsetzen ließ ihre Stimme zittern. „Ihr habt ein Geschäft mit dem Teufel gemacht, Eminenz! Ist Euch das bewusst?"

„Aber … Signora …"

Wütend warf sie ihm den zerknüllten Umschlag vor die Füße. Paschalis war verwirrt. Wie konnte sie wissen, von wem der Brief stammte?

„Wie kommt Ihr an diesen Mann, und was habt Ihr ihm gesagt? Wo zum Teufel ist er jetzt?"

„Nun … also, es war genau genommen so, dass … nun,

nicht ich habe ihn gefunden, sondern ... Eines Tages, Signora, erhielt ich eine Nachricht, ganz ähnlich wie diese. Er bot mir seine Dienste an, und ich dachte ..."

„Ihr dachtet, es wäre eine gute Idee, dem Teufel Tür und Tor zu öffnen?"

Sie kam näher, und unwillkürlich wich der Kardinal vor ihr zurück.

„Ihr habt geglaubt, einem Mann gewachsen zu sein, der selbst Kaiser zu Fall gebracht hat?"

Ihr Zorn war greifbar, und, obwohl der Geistliche größer und schon allein aufgrund seiner Masse viel stärker war, wuchs seine Angst, was sein unangenehmes Schwitzen noch verstärkte.

„Ihr wisst nicht, wozu dieser Mann fähig ist, Kardinal. Und wenn er einen Weg in unsere Mauern gefunden hat, dann verfolgt er auch ein Ziel!" Sie stieß ihm ihren manikürten Finger in die Brust. „Ein Ziel, das sicher nicht das unsere ist!"

„Woher wollen Sie das wissen, Signora? Er nannte seinen Preis und wurde bezahlt. Warum glauben Sie, dass er mehr will?"

Paschalis verstand überhaupt nicht, weshalb Marzia Colucci sich so erzürnte. Natürlich, er hatte einen unberechenbaren Krieger beauftragt. Einen Söldner ohne Gewissen, falls wahr sein sollte, was er über ihn herausgefunden hatte. Er hatte ihm zwar ein Vermögen bezahlt, aber wenigstens schien er den Hütern gewachsen zu sein. Auch wenn ihm – wie Paschalis leider zugeben musste – am Erfolg seines Auftrags wohl nicht allzu viel gelegen hatte. Denn leider war es den Hütern in Paris erneut gelungen, die *Wahrheit* in ihren Besitz zu bringen.

Marzia war ihm nun näher, als ihm lieb war, aber er stand schon viel zu nahe am Rand der Klippe, als dass er hätte weiter zurückweichen können, und so vermischte sich ihr Duft mit dem Geruch seiner Angst. Ihr Blick war finster, und ihr Atem strich über seine Wange.

„Ich kenne diesen Mann, Eminenz – besser, als mir lieb ist. Vertraut mir, wenn ich Euch sage, dass uns Eure Dummheit noch mehr kosten kann als nur ein Vermögen in Gold. Behaltet ihn genau im Auge!"

Die Steinchen unter Paschalis' Schuhen rutschten über die Klippe, rieselten wie im Sonnenlicht glänzende Diamanten hinab in die Gischt.

„Es wäre doch wirklich schade … wenn … einem von uns …", sie strich ihm demonstrativ einen Fussel von der Mozzetta, wobei ihr Blick deutlich machte, von wem sie sprach, „… etwas zustieße. Nicht wahr, Eminenz?"

WER BIST DU?

———◆———

Es war ein heißer Tag, der sich, anders als zuletzt in Paris, wirklich nach Sommer anfühlte. Die Sonne brannte auf Juliens Armen, und er war froh um den Schatten der Bäume, die das Ufer des Tibers säumten. Auf der gegenüberliegenden Flussseite lag der Justizpalast und rechts davor das *Castel Sant'Angelo,* die Engelsburg. Sie strahlte hell in der Mittagssonne, und Julien glaubte fast, den warmen Stein ihrer rötlichen Mauern zu riechen. Mehrere Brücken führten hier über den Fluss. Aber ihr Ziel lag nicht jenseits des träge dahinfließenden Gewässers.

Lamar und Cruz stiegen vor ihnen die Stufen hinab, die in den tiefer als die Uferstraße gelegenen Stadtteil führten. Dort war es kühler und schattig.

Julien atmete erleichtert durch und bemühte sich, vor seinen Männern weiterhin Gelassenheit vorzutäuschen, die er bei Weitem nicht empfand, als er die Frau neben sich ansah. Ihr rotes Haar war zu einem schlichten Zopf auf ihrem Rücken zusammengefasst, und er wünschte, er könnte es daraus befreien und seine Finger darin vergraben. Er war froh, dass die Schönheit Roms Fay etwas von ihren Sorgen um ihre entführte Schwester ablenkte, denn er hasste es, sie traurig zu sehen. Er hasste es, denn dann überkamen ihn wieder diese unwillkommenen zärtlichen Gefühle.

„Wer bist du?", hatte sie ihn im Flugzeug gefragt, ehe er die Kontrolle über sich verloren und sie leidenschaftlich in seine Arme gerissen hatte. Himmel! Wie sehr er sich nach diesem Kuss verzehrt hatte – und es zu seiner größten Schande schon wieder tat!

Er wagte es kaum, sie anzuschauen und einen Blick auf ihre vollen Lippen zu werfen, die sich so weich und nachgiebig angefühlt hatten. Wagte es nicht, in ihre schönen haselnussbraunen Augen zu sehen, nachdem er ihr durch diesen unbeherrschten Kuss Hoffnung auf etwas gemacht hatte, was nicht sein durfte. Nirgendwo sonst war ihm dies bewusster als hier – in Rom.

Mit keiner anderen Stadt der Welt verband Julien das Gefühl eines schändlichen Verrates so sehr wie mit Rom. Mit Schaudern dachte er an seinen Freund Gabriel zurück – und an das, was dieser hier hatte durchmachen müssen.

Aber wie sollte er Fay ein weiteres Mal zurückweisen, nachdem er seiner eigenen Schwäche für sie erlegen war? Sie würde ihn hassen!

In Gedanken versunken, ging er seinen Freunden in die *Via del Cancello* hinterher, von wo sie direkt in eine schmale Gasse abbogen. Fay folgte ihm schweigend. Was sie wohl dachte? War sie in Sorge um ihre Schwester, oder ging auch ihr der Moment im Flugzeug nicht mehr aus dem Kopf?

Julien hätte zu gerne etwas zu ihr gesagt, ihr seine Zurückhaltung erklärt, aber es gab keine passenden Worte für die Wahrheit. Er konnte ihr doch nicht einfach erzählen, dass er ein unsterblicher Hüter einer machtvollen Reliquie war, dass sein Leben seiner Mission gewidmet war, und es für zärtliche Gefühle keinen Platz gab? Selbst wenn er ihr dies sagen würde, würde niemand, der bei klarem Verstand war, so einer Geschichte Glauben schenken.

Zum Glück waren sie im Flugzeug von Lamar gestört

worden und seither keinen Moment mehr allein gewesen, aber irgendwann, das ahnte er, würde sie Antworten auf ihre Fragen fordern.

Lamar, der aussah, als wüsste er, was in Juliens Kopf vor sich ging, blickte ihnen entgegen. Cruz lehnte lässig an einem der dicht hintereinander parkenden Kleinwagen, die die enge Gasse verstopften.

„Wir sind hier", erklärte Julien unnötigerweise und deutete auf die mit zwei goldenen Ringen verzierte Tür vor sich. Er erinnerte sich, dass er diese bei seinem letzten Besuch noch als Türklopfer verwendet hatte. Inzwischen gab es eine elektrische Klingelanlage mit einem handgeschriebenen Namensschild: *Zanchetti*

Das schrille Ringen war selbst vor der Tür zu hören, als Julien den Knopf drückte. Es dauerte lange, bis schlurfende Schritte zeigten, dass doch jemand zu Hause war, und noch länger, ehe ihnen geöffnet wurde.

———————◆·———————

Fay kam sich vor wie ein Kind, das die Spannung zwischen den Eltern spürt, dem man aber den Grund dafür vorenthielt. Und darum fühlte sie sich auch so unsicher. Überfordert von der Situation, in der sie sich befand. Noch nie war sie aus Paris hinausgekommen, und nun tappte sie ahnungslos hinter Julien und seinen merkwürdigen Freunden her, mitten durch Rom. Ohne zu wissen, wohin sie sie führten oder was sie vorhatten, um ihre jüngere Schwester Chloé aus den Fängen ihres Entführers zu befreien.

Hinzu kam, dass sie keine Ahnung hatte, was zwischen ihr und Julien los war. Seit dem Kuss im Flieger hatte er es vermieden, allein mit ihr zu sein. Bei der Erinnerung daran ballte Fay die Hände zu Fäusten. Sie verstand einfach nicht, warum. Sein Kuss war so wundervoll gewesen. Tief und hungrig hatte er sie geküsst, als verzehrte er sich regelrecht nach ihr. Als wollte er mehr ...

All dies verwirrte sie, sodass sie sich nun vor dieser verschlossenen Haustür fragte, ob Rom ihr Antworten liefern konnte oder nur noch mehr Fragen aufwerfen würde.

Sie straffte die Schultern und strich sich eine Locke zurück auf den Rücken, als sich die Tür endlich einen Spaltbreit öffnete.

Eine alte Frau, sicher schon achtzig, schätzte Fay, machte ihnen auf.

„Sì?", fragte sie und hob ihnen ihr blasses, von Falten durchzogenes Gesicht entgegen. Sie hatte die Augen geschossen und streckte langsam eine Hand nach vorne.

Obwohl Fay weder Julien noch dessen Begleiter besonders gut kannte, bemerkte sie die Wertschätzung, die die Männer der Frau mit dem schlohweißen Haar entgegenbrachten.

„Alessa", flüsterte Julien liebevoll und reichte ihr seine Hand.

Überrascht schienen sich die faltigen Finger der Alten um seine kräftige Männerhand zu schließen, und sie stieß die Tür weit auf, um näherzukommen.

„Bei allem, was mir heilig ist ...", keuchte sie mit zittriger Stimme, „... bist du es wirklich?"

Sie hob ihre beiden Hände an sein Gesicht und strich ihm zärtlich über die Augen, seine Brauen, über die Nase und seinen Mund. Dabei formten ihre Lippen stumme Worte, und Tränen rannen aus ihren geschlossenen Lidern.

„Dass ich diesen Tag noch erlebe!"

Ihre Finger versicherten sich vorsichtig dessen, was ihr

Verstand anscheinend anzweifelte. Behutsam legte Julien seine Hände auf ihre und führte sie an seine Lippen. Er hauchte einen Kuss darauf und sah sie, traurig und glücklich zugleich, an.

„Du irrst dich nicht, Alessa, ich bin es wirklich. Und ich bin nicht allein. Willst du uns hereinbitten?"

Die alte Frau zitterte am ganzen Leib und klammerte sich beinahe verzweifelt an Julien fest.

„Sì, sì, natürlich! Kommt herein! Julien Colombier, du meine Güte, was für eine Überraschung. Wer ist bei dir, Julien? Ist Gabriel …?"

„Nein! Nein, Alessa, Gabriel ist nicht hier. Lamar und Cruz begleiten mich … und Fay." Er zögerte. „… sie ist eine Freundin und braucht unsere Hilfe."

Fay sah zu, wie Julien die Frau ins Haus führte und dabei liebevoll ihren krummen Rücken streichelte. Sie fragte sich, ob die Alte wohl seine Mutter oder Großmutter war, denn die tiefe Verbundenheit zwischen den beiden war nicht zu übersehen.

Beinahe verspürte sie Eifersucht, dass er dieser Frau so offen und ungehemmt seine Zuneigung eingestand, was, wie sie selbst erkannte, totaler Unsinn war, denn die Frau war alt und blind.

Da Lamar wohl darauf wartete, dass sie Julien folgte, trat sie durch die Tür in den finsteren Gang.

„Ihr alle seid mir herzlich willkommen. Tretet ein und kommt in die Küche! Du meine Güte, du ahnst nicht, wie groß meine Freude ist, euch alle hier bei mir zu wissen."

Sie ließ sich, noch immer am ganzen Leib zitternd, auf einen Stuhl sinken und bat ihre Besucher mit einer Geste herein.

Fay sah sich unauffällig um. Hatte sie schon vorher keine Ahnung, was sie wohl erwarten würde, war sie jetzt erst recht verwirrt. Die meisten Fensterläden waren geschlossen, und nur das Fenster, vor dem verschiedene Kräuter in Töpfen wuchsen, stand offen. Der würzige Kräuterduft durchzog den Raum. Der Boden war sauber, aber die Wände mit teilweise abblätternder Farbe wirkten eher heruntergekommen. Es gab keine Lampe an der Decke, nur ein loses Kabel. Gespülte Tassen und Teller standen an der Spüle, und eine getigerte Katze lag zusammengerollt auf dem einzig freien Stuhl.

Lamar trat vor und umarmte Alessa mit mehr Gefühl, als Fay dem großen Kerl mit dem stechenden Blick zugetraut hätte.

„Wir haben oft an dich gedacht", hörte sie ihn flüstern.

Auch Cruz küsste die Hände der Alten, ehe er sich sichtlich gerührt an den altmodischen Küchenschrank lehnte.

Fay kam sich vor wie ein Eindringling. Sie beobachtete Julien, dessen liebevoller Blick Alessa galt, und wagte es kaum zu atmen, um dieses Bild der harmonischen Wiedervereinigung nicht zu stören.

Schließlich hatten sich alle wieder gefasst. Lamar nahm die Katze vom Stuhl, schob ihn Fay hin und stellte sich zu Cruz, das Kätzchen schnurrend auf seinem Arm.

„Was führt euch hierher?", fragte Alessa, und ihr blinder Blick streifte die Männer und haftete sich auf Julien, der sich dabei sichtlich unwohl fühlte.

„Es sind zwei Dinge, die uns nach Rom führen. Und beides wird dich unglücklich machen, Liebes", gestand Julien und sah Hilfe suchend zu Lamar.

Der nickte und fuhr fort.

„Aber so schwer uns dies fällt, Alessa, die Zeit, dir alles zu berichten, fehlt uns jetzt. Wir brauchen deine Hilfe. Fays Schwester, Chloé, wurde als Geisel genommen – und ihre

Spur führt uns hierher."

„Hierher?", fragte sie aufgebracht. „Ihr seid in Rom nicht sicher! Ich muss nicht sehen können, um dies zu erkennen! Ihr lauft blind in eine Falle!"

„Beruhige dich, Alessa", bat Julien und drückte ihre Hand. „Wir haben keine Wahl. Wir müssen Chloé retten, ehe ihr der Wanderer etwas antut."

Alessa wurde blass. Ihre Falten schienen mit einem Mal tiefer, ihre Haut fahler und ihr Haar stumpfer als noch vor einem Augenblick.

„Der Wanderer?", hauchte sie, und Gänsehaut überzog ihre knochigen Arme. „Du meine Güte!"

Ihre Finger krallten sich in Juliens Hand, als sie forderte: „Ihr führt ihn nicht in dieses Haus, Julien! Verstehst du mich? Ihr seid mir wahrlich willkommen, aber bei allem, was mir heilig ist, schwört, dass dieser … dieser …"

Julien fasste ihre Schultern und schüttelte sie sanft.

„Alessa, Liebes, sei unbesorgt. Wir werden nicht zulassen, dass dir jemals wieder etwas geschieht!"

GELIEBTER

Er war amüsiert. Tatsächlich musste er sich eingestehen, dass er seit Jahrhunderten nicht mehr dieses … Kribbeln empfunden hatte.

Alles lief genau nach seiner Vorstellung. Er stand vor dem Spiegel und strich über die lange silberne Klinge an seinem Oberschenkel. Sie betonte noch das Spiel seiner Muskeln unter dem hautengen Leder. Die Schnallen und Riemen über seiner Brust umspannten eng seinen schlanken Körper, an dem kein Gramm Fett zu finden war.

Er fuhr sich über den Pelzkragen seines Mantels. Zu warm für Rom, aber ebenso, wie er es genoss, andere leiden zu sehen, gefiel es ihm, dass sein Geist stärker war als sein Leib. Er mochte Schweiß. Angstschweiß oder den Geschmack eines erhitzten Körpers nach dem Sex. Der Schweiß, der sich in diesem Moment zwischen seinen Schulterblättern sammelte, entsprang keiner Furcht, sondern war ein Zeichen seines Triumphes über seine körperlichen Bedürfnisse und Schwächen.

Zufrieden wandte er sich von seinem Spiegelbild ab und fasste nach dem Schlüssel, der an einer Kette um seinen Hals hing.

Seine Erregung wuchs, als er sich auf den Weg machte, sein Spiel zu beginnen.

Das Spiel mit der unschuldigen Chloé.

Ihre Angst war berauschend wie Alkohol, ihre Atemnot wie der blutige Saft eines perfekten Steaks und ihr furchtsames Zittern wie eine verführerische Bewegung. Er würde sie brechen, sie besitzen, ihre Seele erobern und sie dazu bringen, ihn anzuflehen, ihr Schmerzen zuzufügen.

Und er – er würde ihr Flehen erhören!

Allein diese Vorstellung schürte seine Erregung. Seine Männlichkeit drängte sich prall gegen das Leder seiner Hose, und er rieb sich hart den Schritt. Er keuchte und wusste doch, dass sie zu ficken den Gipfel ihrer vollkommenen Selbstaufgabe darstellen würde. Es war zu früh, sich diesem Verlangen zu ergeben. Das würde das Spiel zerstören.

Mit derselben Beherrschung, mit der er auch die Hitze unter seiner Lederkleidung ertrug, verbannte er das Sehnen in seinem Schwanz in den Hintergrund. Mit gemessenem Schritt, der ihm bewies, dass er Herr über sein drängendes Begehren war, näherte er sich ihren Räumen.

Langsam drehte er den Schlüssel im Schloss und öffnete die Tür.

Sein Blick fand sie sofort, und die Angst, die ihre Pupillen weitete, die sie die Hände schützend an ihre Brust nehmen ließ und sie dazu brachte, vor ihm zurückzuweichen, zog ihn in den Raum wie an einer unsichtbaren Kette.

Der Raum war groß. Ein Glastisch mit verchromten Stühlen schien beinahe zwischen dem schwarzen Boden und den hochglänzenden, schwarzen Decken mit kalten LEDs zu schweben. Die Spiegel, die sich über die gesamte Wand erstreckten, ließen ein Gefühl der Unwirklichkeit entstehen. Nichts hatte einen Anfang oder ein Ende. Er sah sich und sie unzählige Male in diesem Raum. Wohin man blickte, er und sie, er und Chloé – und ihre Angst.

„Willkommen in Rom."

Sein Blick saugte jede ihrer Regungen auf. Ihr beschleunigter Puls, ihr hektischer Atem, ihr Schlucken und das Zittern, als sie die Klinge an seinem Schenkel bemerkte.

Sie reckte ihr Kinn nach vorne und leckte sich unsicher über die Lippen.

„Wer bist du? Was willst du von mir?", verlangte sie zu wissen, aber das Stocken in ihrer Stimme verriet ihre Furcht. Das leise Pfeifen ihres Atems war wie Musik in seinen Ohren. Es erregte ihn, wenn sie versuchte, gegen ihre Panik anzukommen.

Er ging zum Tisch. Seine Schritte lautlos wie die eines geübten Raubtiers.

Bedächtig griff er in die Innentasche seines Mantels – und sie zuckte zurück. Das amüsierte ihn. Anstatt einer Waffe, wie sie wohl erwartet hatte, zog er einen Bogen Papier und einen Füllfederhalter hervor und breitete beides auf der gläsernen Tischplatte aus.

„Wer ich bin?" Er trat zu ihr, ohne sie zu berühren. „Man nennt mich den Wanderer, aber du … du wirst mich *Geliebter* nennen."

Er sah, wie sie widersprechen wollte, also packte er sie an ihrer Kehle und drückte zu. Er neigte seinen Kopf an ihren Hals, atmete ihren Duft und genoss das Gefühl ihres hämmernden Blutes unter seinen unnachgiebigen Fingern. Sie schlug nach ihm, und auch das genoss er. Seine Stimme war rau vor Erregung, als er weitersprach:

„Du wirst tun, was ich sage. Du nennst mich *Geliebter* und wirst mir nichts verweigern, was ich verlange. Dann wird es dir an nichts fehlen. Ich kann dir alles geben, was du erträumst, doch widersetzt du dich mir …"

Sein Griff wurde noch fester, und er wusste, er würde am nächsten Tag Würgemale an Chloés Kehle erkennen. Wie eine bläuliche Perlenkette würden diese Male ihre Haut umschmeicheln und die zerbrechliche Schönheit ihres Halses betonen.

Widerstrebend ließ er seine Gefangene los. Sie sackte zu Boden, hustete und zog gierig die Luft in ihre Lunge. Sie lag da, wie ein getretener Hund.

Er setzte seinen Stiefel direkt vor ihr Gesicht. Chloé sah ihn von unten herauf an. Die tödliche Kraft seiner Beine und die steinerne Härte seines Gliedes mussten ihr dabei unweigerlich auffallen.

„Steh auf!", verlangte er und sah ihr zu, wie sie langsam und stöhnend versuchte, auf die Beine zu kommen. Sie rieb sich die Kehle, aber er wusste, die Enge würde erst in etlichen Stunden nachlassen. Stunden, in denen er ihre Gedanken beherrschte. Stunden, in denen sie seine Hände auf ihrem Körper spüren würde, als hielte er sie noch immer fest.

Als sie vor ihm stand, lächelte er zufrieden, denn ihr pfeifender Atem verriet ihre Not.

„Und nun … sag mir, süße Chloé, wer bin ich?"

Er blickte in ihre angstvoll geweiteten Augen, während er seine Hand langsam und beinahe zärtlich wieder in ihren Nacken wandern ließ.

Sie schwieg.

Sein Daumen strich über ihre Kehle, etwas fester als gerade noch.

„Wer bin ich, Chloé?", flüsterte er und kam näher, drängte sie mit seinem Körper gegen den Spiegel.

„Mein Geliebter", presste sie hervor und schlug die Augen nieder.

Aber das reichte ihm nicht.

„Sag es, als meintest du es auch so! Überzeuge mich!"

Sie schluckte, und er fühlte es unter seinen

unnachgiebigen Fingern. Er konnte seinem Drang, sie noch einmal am Boden liegen zu sehen, nur schwer widerstehen, aber er musste erst wissen, ob sie verstanden hatte.

„Du bist mein … Geliebter", flüsterte sie hilflos, und in ihren ängstlichen Augen schwammen Tränen. Sie verachtete sich für ihre Schwäche, das wusste er – und es gefiel ihm. Zufrieden ließ er sie los und trat zurück an den Tisch, als wäre das alles eben nicht passiert.

„Du wirst mir bei meiner Korrespondenz helfen", erklärte er und fasste lächelnd nach seiner Klinge. „Ein wenig Blut, Chloé – ich brauche ein wenig Blut."

Antworten

———————◆———————

Fay war erschöpft. Der Streifschuss an ihrer Rippe – eine böse Erinnerung an die Entführung ihrer Schwester – bereitete ihr höllische Schmerzen. Ohne große Erklärung hatten Julien, Lamar und Cruz sie bei Alessa zurückgelassen. Ihre Müdigkeit dämpfte ihre Wut über diese Behandlung, aber sie hoffte dennoch, die Männer kämen bald wieder.

„Hier, meine Liebe, der Espresso."

Fay wunderte sich über die alte Dame, deren Bewegungen trotz ihrer Blindheit sicher und routiniert waren.

„Vielen Dank. Ich hoffe, er hilft, sonst schlaf ich noch hier auf dem Stuhl ein", bedankte sich Fay und lächelte freundlich, als ihr einfiel, dass Alessa das ja nicht sehen konnte.

„Warum legst du dich nicht ein wenig hin? Oben sind Zimmer … nimm dir eines, ehe die Männer sich breitmachen. Du musst nicht aus reiner Höflichkeit einer alten Frau Gesellschaft leisten."

Fay grinste und nippte an ihrem Espresso. Er war heiß und bitter, aber genau das Richtige für ihren leeren Magen, ihre aufgewühlten Nerven und die übermächtige Erschöpfung.

„Danke, aber ich …", Fay zuckte mit den Schultern und

sah sich in der düsteren Küche um. „... ich kann sicher nicht schlafen. Ich brauche erst ..."

„Antworten?", riet Alessa.

„Ja. Ich brauche ein paar Antworten, aber woher ..."

Alessa lächelte wissend.

„Ich bin vielleicht blind, aber so manches bleibt mir dennoch nicht verborgen."

Sie richtete ihren leeren Blick auf Fay, als würde sie versuchen, ihr Gegenüber zu ergründen.

„Du wirkst entwurzelt und verletzlich. Du suchst Halt ... womöglich bei Julien?"

Fay wollte widersprechen und alles leugnen, aber zugleich erschien es ihr sinnlos.

„Du bist gut", gestand sie stattdessen. „Wie es scheint, machst du dein fehlendes Augenlicht durch Feinfühligkeit wett."

Die alte Frau zuckte mit den Schultern.

„Das klingt, als wäre das ein Segen ... aber das ist es nicht. Zu viel Wissen ... bringt Schmerz. Was verbergen Julien und Lamar vor mir, Fay? Weißt du es? Ich spüre, dass etwas geschehen sein muss."

Fay stellte die Tasse ab und kratzte mit dem kleinen Löffel den Rest Espresso heraus. Sie fragte sich, was von den Dingen, die in den letzten Tagen ihr Leben auf den Kopf gestellt hatten, sie dieser Fremden anvertrauen konnte. Sie hatte ja noch nicht einmal eine Ahnung, wer ihr da gegenübersaß.

„Du zögerst, also weißt du es", stellte Alessa fest.

„Du irrst dich. Ich weiß nicht, was Julien dir vorenthält. Ich weiß auch nicht, was er mir verschweigt, aber er geht all meinen Fragen aus dem Weg und ..."

„Natürlich tut er das. Er kann nicht anders. Das hat nichts mit dir zu tun, meine Liebe."

„Woher willst du das wissen? Kennst du ihn so gut?"

Alessa erhob sich, schwieg aber. Sie trat an den Küchenschrank und goss der Katze Milch in ein Schälchen auf dem Boden.

„Ich lege mich ein wenig hin. Die Aufregung war etwas viel für mich. Fühl dich wie zu Hause, Fay."

Ihre schlurfenden Schritte entfernten sich, und kurz darauf schloss sich eine Tür.

Fay sah den dunklen Korridor entlang, sich ihrer eigenen Erschöpfung nur allzu deutlich bewusst. War Alessa ihren Fragen absichtlich ausgewichen? Sie stand auf, spülte ihre Tasse aus und kraulte die Katze, die ihr sofort um die Beine strich.

Fay konnte ein Gähnen nicht unterdrücken und sah auf die Uhr. Die Männer waren bereits seit zwei Stunden fort. Da sie keine Ahnung hatte, wann sie zurückkommen würden, beschloss sie, sich besser auch ein wenig Schlaf zu gönnen. Sie nahm die Treppe nach oben und öffnete vorsichtig die erste Tür: ein kleines, recht ordentliches Zimmer mit einer Blümchendecke über dem Bett, dem Bild einer sommerlichen Lagune an der Wand und einem Nachttischchen mit gehäkelter Spitzendecke. Allerdings gab es auch hier keine Lampen, und die geschlossenen Läden ließen nur schmale Streifen des abendlichen Sonnenlichts herein. Das machte Fay gleich noch schläfriger.

Sie ließ sich erschöpft auf die Matratze sinken und schlüpfte aus ihren Schuhen. Ihre Tasche stand noch unten, aber sie war zu müde, diese zu holen. Es war egal, denn sie brauchte nichts weiter als ein wenig Ruhe, darum hob sie die Decke und kroch darunter. Kurz fragte sie sich, ob das Kissen schwach nach Lavendel oder Jasmin duftete, aber, noch ehe sie eine Antwort darauf gefunden hatte, war sie eingeschlafen.

Eine ganze Weile später wurde Fay durch laute Stimmen geweckt. Müde rieb sie sich die Augen und setzte sich auf. Die Pause hatte ihr gut getan. Allerdings verunsicherten sie die Geräusche. Sie schlich zur Tür und presste ihr Ohr daran.

„Diese Kerle machen mich noch ganz paranoid!", fluchte sie und kam sich ziemlich dumm vor, zu lauschen, als sie erleichtert die Stimmen von Julien und Lamar erkannte. Um Coolness bemüht, strich sich Fay die Locken aus dem Gesicht, zupfte ihr Shirt zurecht und trat in den Flur. Doch etwas an dem, was unten gesprochen wurde, ließ sie erneut innehalten.

„Ich hatte geahnt, dass etwas passiert sein muss", hörte sie Alessa mit tränenerstickter Stimme sagen. „Aber tot? Wie kann er tot sein, Julien? Er war unsterblich!"

Fay runzelte die Stirn und trat näher an die Treppe, um besser zu hören. Was die alte Frau da sagte, ließ sie an deren Geisteszustand zweifeln.

„Was ist meinem Vater passiert? Sagt es mir! Wer hat ihm das angetan?"

„Wir sind uns sicher, dass der Wanderer Gabriel getötet hat. Er kennt unsere Verwundbarkeit durch Rubine", erklärte Julien.

„Alessa, ich schwöre dir, wir werden seinen Tod rächen. Dein Vater ist nicht umsonst gestorben!", versicherte Lamar.

Für Fay machte das alles keinen Sinn. Gerade wollte sie noch ein Stück die Stufen weiter hinabschleichen, als sie das Maunzen der Katze an ihren Füßen zusammenzucken ließ.

„Schhht", beschwor sie das Tier und drückte sich mit klopfendem Herzen an die Wand.

Julien fühlte sich hilflos. Er empfand den Schmerz über Gabriels Verlust hier in dieser italienischen Küche wieder genauso stark, wie in dem Moment, als er die Rubinspitzen in dessen Brust wahrgenommen hatte. Wenn es schon für ihn so schmerzhaft war, seinen Freund zu verlieren, wie qualvoll musste es erst für Alessa sein, vom Tod ihres Vaters zu hören?

Die blinde Frau lag weinend an Lamars Schulter, und es kam Julien vor, als sähe er wieder das junge Mädchen vor sich. Das Mädchen, das sich im Alter von gerade erst zehn Jahren selbst das Augenlicht genommen hatte, um den Feinden ihres Vaters nicht als Werkzeug dienen zu können.

Julien konnte sich nicht vorstellen, welche Liebe und welchen Mut es erforderte, für jemanden so ein Opfer zu bringen, und er beneidete Gabriel um diese grenzenlose Liebe seiner Tochter.

Lamar murmelte tröstende Worte in Alessas schlohweißes Haar und strich ihr beruhigend über den Rücken, als Julien von oben etwas hörte.

Er ging in den Flur und sah die Treppe hinauf, direkt in die großen, fragenden Augen von Fay.

Mit einem Fluch auf der Zunge ging er zu ihr.

Wortlos schob er sie die Treppe hinauf in das erstbeste Zimmer. Wie unten waren die Fensterläden geschlossen, und es war dämmrig und stickig.

„Was ist hier los, Julien? Was redet ihr da? Verdammt, sprich mit mir! Behandel mich nicht wie ein dummes Kind!"

„Fay!" Er fuhr sich durchs Haar und schüttelte ratlos den Kopf. „Fay, ich will dich nicht wie ein Kind behandeln! Ich versuche, dich mit allen Mitteln zu schützen und aus allem herauszuhalten. Ich weiß nicht, was du glaubst, gehört zu haben, aber …"

„Was ich *glaube*, gehört zu haben?", unterbrach sie ihn wütend, und Julien fürchtete, man könnte sie unten hören. Sie war so zornig, dass sie die Fäuste ballte.

„Was genau meinst du denn? Die Sache, dass Gabriel tot ist, obwohl er … unsterblich war? Oder vielleicht, dass er mit geschätzten dreißig Jahren angeblich der Vater einer Achtzigjährigen gewesen sein soll?"

Julien trat zu ihr und legte ihr die Hand auf den Mund.

„Sei still, Fay!", bat er und sah ihr beschwörend in die Augen. „Himmel, es war ein Fehler, dich mit hierherzubringen!"

Fay befreite sich aus seinem Griff, senkte aber die Stimme.

„Warum? Weil du fürchtest, ich könnte hinter eure ach so dunklen Geheimnisse kommen? Weil du denkst, es interessiert mich, wer oder was du bist?"

Sie fuhr sich energisch durchs Haar.

„Nein, Julien, so wichtig bist du mir nicht! Erzähl mir ruhig weiter irgendwelche Lügen, wenn du magst, aber sag mir zum Teufel, was aus Chloé wird, denn ihr habt sie zum Spielball in eurem kranken Treiben gemacht!"

Julien ließ sie los und senkte den Blick. Er wusste einfach nicht, was er sagen sollte. Er wandte sich ab, trat an das kleine Fenster und öffnete es.

„Weißt du, wo ich sein sollte?", flüsterte er, ohne sie anzusehen. „Dort draußen! Ich sollte, ganz wie du sagst, den Mann jagen, der deine Schwester hat!"

Er sah Fay über seine Schulter unter gesenkten Lidern an.

„Ich sollte dort draußen sein, aber stattdessen stehe ich hier!"

31

Langsam drehte er sich um und ging zu ihr. Er fasste sie am Kinn und hob ihren Kopf, damit sie ihn ansah.

„Weißt du warum, Fay? Weißt du das?", flüsterte er.

„Nein, Julien, ich weiß es nicht! Woher auch? Du sprichst ja nicht mit mir! Du gehst mir aus dem Weg, so ist es doch, oder?"

Er beugte sich zu ihr, sein Mund nur wenige Zentimeter von ihrem entfernt.

„Ich gehe dir aus dem Weg? Wirklich, Fay? Stehe ich nicht genau vor dir? Bin ich nicht hier, obwohl mein Platz eigentlich woanders ist?"

„Und warum bist du hier?"

Er sah ihr direkt in die Augen.

„Weil ich verdammt nochmal umkomme vor Sorge, dir könnte etwas zustoßen! Weil ich noch nie im Leben etwas so sehr fürchtete, als einen Fehler zu begehen oder etwas zu übersehen, das dich in Gefahr bringt! Deshalb bin ich hier! Du machst mich wahnsinnig!"

Er senkte seinen Kopf und presste seine Lippen hart auf ihren Mund. Ihm entrang sich ein Stöhnen, als er erkannte, dass ihn die Sehnsucht verzehrte. Er wusste, er handelte gegen seine Vernunft, als er sie hochhob und zum Bett trug, aber er musste mehr von ihr bekommen, um zu ergründen, was ihn an ihr so faszinierte.

Er legte sich neben sie, ohne seinen Kuss zu beenden, und, obwohl er ihr Zögern spürte, hatte er nicht vor, sie jetzt freizugeben.

Er ließ seine Hand über ihre Taille wandern, streichelte ihren Bauch durch den Stoff ihres Shirts und genoss ihre schlanken Beine so nah an seinem Körper.

Seine Zunge umkreiste ihre und neckte sie, ihre Scheu abzulegen und ihn zu erforschen, wie er es bei ihr tat. Er tauchte ein in ihre feuchte Wärme, und das Gefühl ihrer weichen Lippen ließ ihn beinahe alle seine Sorgen vergessen. Das Bild, wie sie in Paris nackt vor ihm gestanden hatte, loderte hinter seinen Lidern, und es drängte ihn, herauszufinden, ob sie wirklich so schön war, wie seine Erinnerung ihn glauben machen wollte.

Einzig von diesem Gedanken getrieben schob er seine Hand unter ihr Top und erkundete die Hitze und Weichheit ihrer Haut, darauf bedacht, den Verband über dem Streifschuss, den der Wanderer in Paris beigebracht hatte, nicht zu berühren.

„Julien …", keuchte Fay gegen seine Lippen und schob ihn entrüstet ein Stück von sich. „Guter Gott, Julien, … du kannst nicht all meine Fragen einfach fortküssen. Ich brauch endlich Antworten, denn ich versteh die Welt nicht mehr."

Ihre Lippen waren leicht geöffnet, eine feuchte Versuchung, sie wieder und wieder mit Küssen zu bestürmen. Aber Julien sah die Unsicherheit in ihrem Blick und strich ihr zart mit dem Daumen über die Wange. Auch er verstand die Welt nicht mehr. Er sollte sich seiner Aufgabe bewusst sein, sollte Gabriels Tod betrauern, Alessa in ihrem Schmerz zur Seite stehen und Chloé aus den Fängen des Wanderers befreien. Aber stattdessen verlangte es ihn nur danach, sein Herz der rothaarigen Stripperin zu öffnen und sich tief in ihr zu verlieren.

„Du hast mich gefragt, wer ich bin", flüsterte er und küsste ihren Mundwinkel, ehe er sich auf den Ellbogen stützte und ihr in die haselnussbraunen Augen sah.

„Ich bin Julien Colombier, Hüter einer mächtigen, uralten Reliquie … ich bin vierunddreißig Jahre alt …"

Seine Lippen strichen über ihre.

„… und das seit über neunhundert Jahren."

Als er Fays ungläubigen Blick sah, musste er grinsen und

konnte dem Drang, sie noch einmal zu küssen, nicht widerstehen. Ehe sie etwas erwidern konnte, legte er ihr den Finger auf die Lippen und zwinkerte.

„Ich schwöre dir, Fay, bei allem, was mir heilig ist, du sollst deine Antworten bekommen … nachher."

„Das ist … das ist doch verrückt!"

„Ich weiß, Fay. Es ist verrückt. Kannst du mir trotzdem vertrauen?"

Sanft zog er sie an sich, um ihr zu zeigen, wonach ihm der Sinn stand. Sein Kuss war bittend, und, als sie ihm kapitulierend die Arme um den Hals schlang, bemerkte er, dass er erwartungsvoll die Luft angehalten hatte.

Seine Hände wanderten unter ihr Shirt, strichen über ihren Bauchnabel, umkreisten ihn und schoben dabei Stück für Stück den Stoff nach oben. Sie wand sich unter seiner Berührung und hob sich seinen Fingern entgegen. Fay streichelte seinen Nacken, fuhr ihm durch die Haare und ließ ihre Hände über seinen Rücken wandern. Er fühlte, wie sie seine Oberarmmuskeln umfasste, ehe sie wieder seinen Rücken bis hinab zu seinem Po liebkoste. Als sie ihre Hände unter sein T-Shirt schob, erstarrte sie irritiert. Julien biss sich verärgert auf die Lippe.

„Was ist denn das?", fragte sie und schob ihn von sich. Sie zog sein Shirt zu sich und rieb den Stoff zwischen ihren Fingern.

Julien setzte sich und zog sich das fragwürdige Shirt über den Kopf.

„Nennen wir es die moderne Variante eines Kettenhemdes", schlug er vor und ließ das dichte Gewebe zu Boden fallen.

„Ein Ketten …? Warum?", fragte Fay und sah so hinreißend verwirrt aus, dass Julien sich direkt wieder über sie beugte.

„Alte Gewohnheiten legt man nur schwer ab, Fay", erklärte er schlicht und schob auch ihr Shirt bis über ihre Brüste nach oben. Sie hob die Arme über ihren Kopf, und er zog es ihr aus.

„Ich wünschte, ich würde dich verstehen", flüsterte Fay und ließ ihre Hand über die lange gezackte Narbe wandern, die von seiner Achsel bis über seinen Rippenbogen verlief. Sie hob seinen Arm, und Julien ließ es geschehen, dass sie ihn musterte. Vorsichtig strich sie auch über die Narbe an seiner Schulter und über einen vor Jahrhunderten verheilten Schnitt an seinem Brustkorb.

Sie sah ihn an, und Julien ahnte die Fragen, die ihr durch den Kopf gehen mussten. Er griff nach ihrer Hand und hauchte einen Kuss auf ihre Handfläche.

„Bleib heute Nacht bei mir, Fay, dann wirst du mich verstehen. Ich werde nichts vor dir verbergen."

———————◆·————————

Der Morgen dämmerte bereits. Julien war sich Fays Erschöpfung deutlich bewusst. Ihr Kopf ruhte auf seiner Brust, und ihr flammendes Haar ergoss sich über das Kissen. Zaghaft streichelte er ihre Schulter, was sie träge die Augen öffnen ließ. Sie lächelte.

„Der Morgen kommt viel zu schnell", stellte sie fest, als die ersten bläulichen Streifen den baldigen Tagesanbruch ankündigten. Sie rollte sich auf den Bauch und stützte ihr Kinn auf ihre Hände. Dabei rutschte die Decke von ihrem Rücken und gab den Blick auf ihren nackten Po frei.

Julien konnte nicht glauben, wie schön sie war. Sofort reagierte sein Körper auf den Anblick, und, obwohl er sie in den letzten Stunden ausgiebig geliebt hatte und dabei jeden Zentimeter ihres Körpers erkundet und liebkost hatte, fiel es ihm schwer, seinem erwachenden Verlangen zu widerstehen. Aber der Ausdruck in ihren Augen zeigte ihm, dass es nun an der Zeit war, sein Versprechen einzulösen.

Während der letzten Stunde, als sie in seinem Arm gedöst hatte, war ihm bewusst geworden, dass er es nicht über sich bringen würde, ihr Lügen aufzutischen. Fay berührte ihn in einer Weise, wie keine je zuvor. Auch wenn er wusste, dass er nicht so töricht sein durfte, sich vollends in sie zu verlieben, wollte er ihr doch das Vertrauen entgegenbringen, das sie verdiente.

Die Lage war vollkommen anders als damals bei Gabriel, redete er sich ein.

Als hätte sie seine Gedanken erraten, flüsterte sie: „Was wird nun, Julien? Erzähl mir von dir … und diesem ganzen unglaublichen Zeug. Ich hab das Gefühl, den Verstand zu verlieren, wenn ich darüber nachdenke, mit einem unsterblichen Reliquienhüter geschlafen zu haben."

Julien lachte leise und beugte sich vor, um ihren Scheitel zu küssen.

„Es ist eine lange Geschichte, Fay. Die Frage ist aber, ob du mir glauben wirst, wenn ich anfange, dir die Wahrheit zu erzählen?"

Sie zuckte mit den Schultern.

„Keine Ahnung, Julien. Wie soll ich so etwas denn glauben? Unsterblich! … Aber andererseits muss ich dir vertrauen, denn wie krank müsstest du sein, dir so eine irrsinnige Story auszudenken? Also, wie wird man unsterblich?"

„Es gibt ein Elixier. Wir nennen es die *Wahrheit*, denn würde die Menschheit davon erfahren, wäre es das Ende vieler Lügen, die das heutige Weltbild prägen. Meine Männer und ich, wir haben unser Leben dem Schutz dieses Elixiers verschrieben. Seit beinahe tausend Jahren hüten wir die *Wahrheit* und versuchen, die Welt, wie wir sie kennen, zu schützen."

„Aber du sagst, es ist eine Welt voll Lügen? Warum?"

„Der Glaube der Menschen, Fay, ist ein unvorstellbar kostbares Gut. Er verankert das Gewissen und Dinge wie Nächstenliebe, Sozialverhalten und allgemeine Grundregeln. Seit Anbeginn der Zeit glauben wir an Götter, an Mächte, die uns lenken. Und wir streben nach göttlicher Anerkennung, Gnade und Vergebung. Aber Menschen töten auch für ihren Glauben, für ihre religiöse Überzeugung – und im Namen ihrer Götter. Es ist besser, eine Lüge zu leben, als die Welt im Blut eines der größten Glaubenskriege versinken zu sehen, den wir uns nur vorstellen können."

„Religion, Glaube und Gott?"

Fay schüttelte verwirrt den Kopf.

„Was hat das alles mit euch zu tun? Mit diesem Elixier?"

Julien fuhr sich durchs Haar. Es fiel ihm schwer, über all diese Dinge zu sprechen. Es war das erste Mal überhaupt, dass er jemandem einen Blick in sein Leben gewährte. Er wusste, seine Männer sollten davon besser nichts erfahren.

„Glaubst du an Gott, Fay? An das, was in der Bibel geschrieben steht?", fragte er und versuchte, ihren warmen Atem zu ignorieren, der so nah an seiner Männlichkeit Schauer der Erregung durch seinen Körper jagte.

Fay grinste.

„Ich bin nicht sonderlich religiös. Ich nehme an, reichen Menschen fällt es leichter als mir, Gott für etwas zu danken. Wenn ich am Abend nicht hungrig ins Bett falle, dann hat das nichts mit göttlicher Milde zu tun, sondern damit, dass geile Trunkenbolde ihr Geld lieber in mein Höschen als in den Klingelbeutel der Kirche stecken."

„Dann wird für dich also keine Welt zusammenbrechen,

wenn ich dir sage, dass Jesus von Nazareths Wiederauferstehung wahrscheinlich nichts mit Gott zu tun hatte, sondern lediglich dem Elixier geschuldet war?"

„Wirklich?"

Fay setzte sich auf und zog sich die Decke über den Schoß. Ihre Haare fielen ihr bis auf die rosigen Spitzen ihrer Brüste, und das durch die Fensterläden hereinfallende Licht des neuen Tages warf glänzende Streifen auf diese wohlgeformten Hügel.

Julien konnte den Blick nicht abwenden und hatte Mühe, sich auf das Gespräch zu konzentrieren, da Fay offenbar nicht vorhatte, sich zu bedecken.

„Was?", fragte er, da ihm ihre weitere Antwort entgangen war.

„Ich hab gefragt, ob Jesus dann noch lebt? Ich meine, wenn er – wie du – durch das Elixier unsterblich war?"

Unter Aufbringung all seiner Selbstbeherrschung riss er sich von dem herrlichen Anblick los und sah Fay in die Augen. Das Pochen in seinem Schoß drängte ihn, dieses Gespräch schnell zu einem Ende zu bringen, aber er fürchtete, Fays Fragen noch nicht ausreichend beantwortet zu haben.

„Nein, Jesus starb – soweit wir in Erfahrung bringen konnten – etwa dreißig Jahre nach seiner Kreuzigung. Nachdem wir uns während der Kreuzzüge in Jerusalem dem Schutz der *Wahrheit* verschrieben hatten, machten wir uns auf den Weg, seiner Spur zu folgen. Wir erreichten Rom im Jahr 1100 nach Christus, und, wie du dir denken kannst, war es nicht einfach, etwas über den Verbleib des vermeintlichen Messias herauszufinden. Wir trugen unzählige Fakten zusammen und gruben uns tief in die Geschichtsbücher, ehe wir Puzzlestück an Puzzlestück reihen konnten und ein lückenloses Bild dessen erhielten, was damals geschehen war."

„Und? Was genau war geschehen?"

Fay strich sich die flammendroten Locken auf den Rücken und schaute ihn interessiert an.

Julien schluckte. *Himmel, was für ein Anblick!* In seinen Gedanken sah er sich schon die harten Knospen, die sich ihm nun unverhüllt entgegenreckten, mit seiner Zunge umkreisen. Seine Ungeduld wuchs, und er beeilte sich, ihr zu antworten.

„Jesus kam Jahre nach seiner Kreuzigung zusammen mit einigen seiner Anhänger, darunter Petrus, nach Rom. Er hielt sich im Hintergrund, aber gemeinsam scharten sie in Kürze viele neue Gläubige um sich. Der Mythos, den seine angebliche göttliche Auferstehung geschaffen hatte, ließ die Macht ihrer neuen Religion schnell wachsen. Immer mehr führten nun den Namen Christi im Mund, aber sie wurden unvorsichtig. Die wachsende Glaubensgemeinde war Nero – dem damaligen Kaiser des Römischen Reichs – ein Dorn im Auge, denn er sah seine auf dem Fundament römischer Gottheiten errichtete Herrschaft bedroht. Schon bald war auch von einer geheimnisvollen Flüssigkeit die Rede, welche die Köpfe dieser Gruppe zu mächtigen Königen machen sollte."

Fay erhob sich und öffnete das Fenster. Glühend schob sich die Sonne über die Dächer der Häuser, als streckten sich die Strahlen, Fays völlig nackten, schlanken Körper zu liebkosen.

Seufzend schloss Julien die Augen und sprach weiter.

„Nero gab den Befehl, diese teuflische Flüssigkeit zu zerstören, und es kam zu Juden- und Christenverfolgung innerhalb Roms. Neros Soldaten – nicht ahnend, was sie in Händen hielten – befolgten seine Weisung und gossen das Elixier in die Kloake, um es zu vernichten."

Das Bett knarzte, als Fay zurückkam. Sie streckte sich neben ihm aus, ihre Finger strichen sachte über seinen Bauch. Sie wanderten tiefer, bis dorthin, wo seine geschwollene Männlichkeit nur darauf wartete, berührt zu werden.

Julien sog scharf die Luft ein, als sie ihre Hand um ihn schloss.

„Und was ist dann passiert?", fragte sie, mit unschuldiger Miene, während ihre Finger sich sündig an ihm auf und ab bewegten.

„Du musst wissen, dass diejenigen, die das Elixier berühren, zunächst sterben, ehe sie als Unsterbliche wiederkehren. Kurz, nachdem das Elixier ins Abwasser und damit auch in den Tiber gelangte, sah es so aus, als wären Hunderte Menschen in Ufernähe gestorben. Färber, die am Fluss arbeiteten, oder Frauen, die dort ihre Wäsche wuschen, ebenso wie Kinder, die darin badeten."

Julien konnte kaum denken. Er schwankte zwischen dem Wunsch, diese zärtliche Folter möge niemals enden, und dem drängenden Verlangen, sich tief zwischen ihre Schenkel zu schieben.

„Wir wissen nicht genau, was Nero am Ende angetrieben hat, vermuten aber, dass er vertuschen wollte, was geschehen war, als er – die Christen zum Sündenbock machen wollend – die Stadt in Brand setzte."

Mit einer raschen Bewegung zog Julien Fay auf seinen Schoß und war zufrieden, ihre Brüste genau vor seinen Lippen zu haben. Schnell griff er nach einem Kondom auf dem Nachttisch.

Sie kicherte und grub seine Hände in sein Haar, um ihn näher an sich zu ziehen.

„Wie es scheint … habe auch ich etwas in Brand gesetzt", hauchte sie, als sie langsam seine pulsierende

Härte in sich aufnahm.

„Deine Flammen verzehren mich, Fay!", antwortete Julien, als sie anfing, sich auf ihm zu bewegen.

Das Spiel

———◆———

Chloés schneller Herzschlag drohte, ihre enge Brust zu sprengen, so packte sie die Furcht. Ihr Blut? Der Kerl war doch irre! Sie versuchte, gegen die Panik anzukämpfen, als ihr Entführer die lange Klinge hob. Seine für gewöhnlich eisigen Augen glühten beinahe, als sie jeder ihrer Bewegungen folgten. Zum ersten Mal erschien er ihr wie ein lebendiger Mensch und nicht wie eine Maschine. Seine schmalen Lippen waren zu einem Lächeln gekräuselt, und er öffnete die metallene Schnalle, die den pelzbesetzten Lederumhang an seinem Hals zusammenhielt.

Chloé beobachtete, wie er ihn sorgfältig über die Stuhllehne hängte, ehe er die Hände vor seiner Brust durchdrückte, sodass die Knöchel knackten.

Sie schauderte, als ihr klar wurde, was er tat. Er bereitete sich vor. Wie ein Raubtier, das sich langsam in Position brachte. Und so sah er auch aus. Hauteng lag seine lederne Kleidung an seinem Körper an und zeigte deutlich seine Sehnen und Muskeln. Die fest gegurteten Lederbänder über seiner Brust wirkten, als hielten sie seine wahr Kraft in Zaum, und da sein Haar millimeterkurz geschoren war, lenkte nichts vom tödlichen, aber erwartungsvollen Funkeln in seinen Augen ab.

Pfeifend sog Chloé Luft in ihre wie zugeschnürte Lunge und suchte fieberhaft nach einem Ausweg. Scheiße, sie wollte nicht mit gerade mal achtzehn Jahren im Spielzimmer dieses Psychopaten sterben!

„Bist du bereit, süße Chloé?", fragte er und leckte sich die Lippen.

„Du Perverser!", schrie sie und brachte sich auf der anderen Seite der Tischplatte in Sicherheit. „Du krankes Schwein!"

Sie fühlte die Tränen, die ihre Wangen hinabrannen, wagte es aber nicht, ihren Blick auch nur eine Sekunde von ihrem Peiniger abzuwenden, der langsam den Tisch umrundete. Auch Chloé bewegte sich um die lange Tafel, immer darauf bedacht, die Distanz nicht kleiner werden zu lassen.

Als sie sich auf der schmalen Tischseite gegenüberstanden, lächelte er und stützte seine Hände auf die Glasplatte, die sie trennte.

„Hast du noch immer nicht verstanden, wie du mich nennen sollst?", fragte er und ließ seinen Blick wie eine stumme Drohung an ihre Kehle wandern.

Chloé schluckte. Sie hatte zusammen mit ihrer Schwester schon so manche Scheiße durchgemacht. Ein krankes Arschloch von Vater, eine durchgeknallte Junkie-Mutter und Gewalt, seit sie denken konnte. Wenn dieser Wichser also meinte, er könnte sie abstechen, während sie um ihr Leben bettelte, dann hatte er sich getäuscht!

Sie reckte, viel mutiger, als sie sich fühlte, ihr Kinn vor und sah ihm direkt in die Augen.

„Verzeihung – *Arschloch*! Das muss ich wohl vergessen haben!"

***

Der Zorn in Chloés Augen, gepaart mit ihrem Geruch nach

Angst, war eine köstliche Mischung, und ihr Widerstand weckte seinen Jagdtrieb viel mehr, als es eine feige Flucht je vermocht hätte. Er wünschte, er könnte ihre Träne kosten, die salzig auf ihrer Wange trocknete und das einzige Zeichen ihrer Schwäche war.

Er musste zugeben, dass er beeindruckt von ihrem Mut war. Sie verstand es, ihn zu reizen. Nur musste sie noch viel lernen, ehe sie sein Spiel mitspielen konnte.

Lächelnd legte er die Klinge auf die Glasplatte und schob ihr diese hinüber. Ihr verwirrter Gesichtsausdruck ließ seine Brust unter einem aufsteigenden Lachen vibrieren, als sie seine Waffe an sich riss und ihn damit bedrohte.

„Keine Sorge, Chloé – ich bin ja hier, um dich daran zu erinnern", versicherte er ihr.

„Komm mir nicht zu nahe!", rief sie und reckte ihm die Klinge entgegen.

„Habe ich nicht vor", gestand er ihr zu und zog sich einen Stuhl heraus. „Sei dir sicher, Süße, wenn ich dir nahe sein wollte, dann wäre ich es."

Ihr zweifelnder Blick amüsierte ihn, und er streckte lässig die Beine von sich. Er wusste, sein harter Schwanz war so deutlich zu sehen, und er genoss es, dass sie sich fragte, warum er nicht einfach über den Tisch sprang, um seine Lust an ihr zu stillen. Er las in ihrem Gesicht, dass sie sich genau diese Frage stellte – und das erregte ihn noch mehr.

Ja, er könnte sie haben. Sie ficken, ganz wie es ihm beliebte. Er wusste es – und sie auch. Dass er es nicht tat, schien sie zu irritieren.

„Und nun gibst du mir, was ich von dir verlange. Blut."

Sie schüttelte vehement den Kopf, und die dunklen Locken fielen ihr wirr in die Stirn.

„Du bist verrückt, wenn du denkst, dass ich dein krankes Spiel mitspiele", rief sie. Das Rasseln in ihrer Lunge wurde stärker.

„Nun, Chloé, du *wirst* mein Spiel mitspielen, wenn du das hier haben willst."

Er nahm ihr Asthmaspray aus seiner Tasche und pumpte einen Hub in die Luft.

Sie erstarrte, und ein siegessicheres Grinsen breitete sich auf seinem Gesicht aus. Sie zögerte, aber er wusste, ihre rasch enger werdende Lunge arbeitete für ihn.

Erneut pumpte er die Arznei in die Luft, und Chloé zuckte.

„Hör auf! Es ist fast leer!", presste sie aus ihrer gepeinigten Kehle.

„Dann solltest du mir geben, was ich verlange", schlug er vor und wiederholte seine Demonstration.

Es war großes Kino, ihr bei ihrem inneren Kampf zuzusehen. Wie schon zuvor wusste sie, dass sie sich selbst erniedrigte, indem sie tat, was er verlangte. Aber ebenso musste ihr klar sein, dass sie keine Wahl hatte – oder zumindest nicht mehr lange.

Zu seinem Erstaunen nahm sie sich ebenfalls einen Stuhl und setzte sich. Sie umklammerte die Waffe, dass ihre Knöchel weiß hervortraten, und versuchte, sich zu beruhigen.

Sie sah ihn herausfordernd an, als sie den nächsten Atemzug rasselnd in ihre Lunge saugte.

Er musste ihr Respekt zollen, wie sie so stolz vor ihm saß, die Lippen schon blau und jedes Heben ihrer Brust von quälendem Husten begleitet. Dass sie versuchte, zu kämpfen, gefiel ihm. Er lehnte sich zurück und ergötzte sich an ihrem Leid.

Chloé sah ihn nicht mehr an, als er erneut ihre kostbare Medizin versprühte. Sie versuchte, durch reine Willenskraft, ihre Bronchien dazu zu bringen, zu funktionieren, und die Muskulatur zu entspannen. Sie wusste, sie würde ohnmächtig werden, wenn er ihr nicht bald das Spray gab. Sie hatte oft solche Anfälle, aber ihre Panik verstärkte die Atemnot, und so konnte sie kaum sagen, wie lange sie noch durchhalten würde.

Ihr Gegner wusste das, und genau das machte sie so wütend. Es war so unfair, dass ihr eigener Körper ein Verräter war. Sie hustete, und ihre Lunge krampfte schmerzhaft. Sie hörte sich selbst keuchen und röcheln und verfluchte ihre Schwäche. Helle Punkte flackerten vor ihren Augen, und sie blinzelte.

Sie hatte keine Wahl! Kraftlos hob sie das Messer und zitterte, als sie es gegen ihren Arm presste. Ein Hustenanfall schüttelte sie, und ihren tauben Fingern entglitt die Waffe.

Ungerührt sah ihr Peiniger sie an und pumpte ein weiteres Mal in die Luft.

Ihre Lunge schrie nach diesem Mittel, und mit einem Mal packte sie die Todesangst. Sie würde sterben! Hier, vor den Augen dieses geisteskranken Wichsers! Und nicht, weil er ihr etwas tat, sondern, weil sie so stur war.

Hilflos ließ sie sich zu Boden gleiten und tastete mit letzter Kraft nach dem Messer. Als sie es zu fassen bekam, zog sie einfach ihre Handfläche fest über die Klinge. Sie spürte das Blut warm über ihre Haut fließen, und am Rande ihres schwindenden Bewusstseins bemerkte sie die Schritte, die sich näherten.

Fast zärtlich ließ er sich neben Chloé nieder. Sein Blick glitt über ihren reglosen Körper. Ihr Blut tropfte auf den Boden und färbte ihr Shirt. Ihre blauen Lippen waren geöffnet, in einem letzten gescheiterten Versuch, Luft zu holen. Eine Locke hing ihr über die Augen. So schön – wie ein toter Schwan.

Er strich ihr das Haar aus dem Gesicht und pumpte einen Hub Asthmaspray in ihren Mund. Er fuhr mit dem Daumen über ihre Lippe und stellte sich vor, wie sie schmeckte.

Seine Hand zitterte, als er schließlich das Messer an sich nahm und ihr ein sauberes Leinentuch auf den blutenden Schnitt presste.

Verdammt! Er hatte tatsächlich Angst verspürt. Angst, sie könnte durch ihre eigene Dummheit sterben, ehe er sie besessen hatte! Er hatte diese kleine Französin unterschätzt. Und das wiederum machte sie nur noch reizvoller.

Er hob sie hoch und betätigte den Mechanismus an einem der Spiegel, der aufschwang und den Durchgang zu einem großen, luxuriösen Schlafzimmer freigab. Als er sie auf das breite Bett legte, flatterten ihre Lider, und ihre Brust hob und senkte sich etwas ruhiger als noch vor wenigen Augenblicken.

Vorsichtig entfernte er das Tuch von ihrer Hand und steckte es weg, ehe er seinem heißen Verlangen nachgab und sich auf sie legte.

Er stöhnte, als er seinen Schwanz unter dem Leder seiner Kleidung gegen ihre Jeans presste. Seine Zunge suchte nach der getrockneten Spur ihrer Tränen, und er hob ihre blutende Hand an seine Wange, während er sich an ihr rieb.

———•◆•———

Luft! Chloé saugte sie dankbar in ihre Lunge und fühlte, wie der Sauerstoff ihr Blut anreicherte und ihre tauben Glieder belebte.

Sie fühlte ein schweres Gewicht auf ihrem Körper, hörte ein Keuchen, das nicht ihr eigenes war. Schwach hob sie die Lider und sah in die Augen ihres Entführers. Sie sah Begierde, aber auch Zurückhaltung, ehe sie seinen Mund auf ihrem spürte. Sie schmeckte Kupfer, als er seine Zähne schmerzhaft in ihre Lippe grub. Ihr fehlte die Kraft, sich zu wehren. Er bewegte sich auf ihr, aber er tat ihr dabei nicht weh. Beinahe dankbar dafür, schloss sie die Augen.

Der Moment, in dem er gedacht hatte, sie würde sterben, hatte ihn seine Zurückhaltung vergessen lassen. Aber als sie ihm nun in die Augen sah, wurde er sich bewusst, dass er einer Schwäche nachgegeben hatte. Er war nicht weit davon entfernt, sich selbst zu beflecken, und, obwohl ihn alles drängte, sich diese Erleichterung zu verschaffen, hielt er inne und setzte sich auf.

Er spürte ihr Blut auf seiner Wange trocknen und schmeckte es auf seiner Zunge, als ihn ihr leerer Blick traf.

Zärtlich hob er ihre blutende Hand an seine Lippen. Ihre Augen folgten ihm, und sie zuckte, als er seine Zunge über den Schnitt gleiten ließ.

„Sag Danke, Chloé", verlangte er und saugte an ihrer Wunde, sodass frisches Blut salzig und warm in seinen Mund strömte.

Er sah sie an, wollte jede Regung auskosten. Schließlich schloss sie die Augen und flüsterte: „Danke – *Arschloch*!"

Er lachte laut und legte ihr das beinahe leere Asthmaspray auf die Bettdecke, ehe er sich erhob.

Mit einem letzten Blick auf Chloé, dieses überraschende

Geschenk des Schicksals, zog er sich zurück, um die Nachricht zu verfassen, wegen der er hergekommen war.

ERSTE FLAMMEN

———————————— ◆ ————————————

Marzia Colucci hielt die Augen geschlossen und versuchte, die Erinnerungen, die wie losgetretene Felsen auf sie niederprasselten, zu verdrängen. Sie konzentrierte sich nur auf die Vibrationen in ihrem Körper, welche die Rotorblätter des Helikopters aussandten, während sie über die Dächer Roms flogen.

Es war vergeblich. Das Treffen mit Paschalis hatte Schattenkreaturen geweckt, deren finstere Klauen nun drohten, sie zu erdrücken.

„Du wagst es?", hatte er sie damals verächtlich gefragt. Er – der Mann, der ihr so viel gegeben hatte – und doch nicht genug. Er, der Mann, der bereits damals ein Mythos gewesen war, der keinen Namen trug, sondern schlicht der Wanderer genannt wurde.

„Du willst dich von mir lossagen?"

Hass und der Wunsch, sie zu töten, glommen in seinen eisigen Augen, aber, obwohl er Gewalt liebte, Brutalität genoss und Schmerz ihn erregte, wusste Marzia, dass er ein Mann war, der sich immer unter Kontrolle hatte.

„Ich gab dir Freiheit und Unsterblichkeit, und doch willst du mehr? Macht? Herrschaft? Wo du Reichtümer besitzt, die nicht mehr zu ermessen sind?"

„Wie kann dir deine Stellung in der Welt nur so

gleichgültig sein? Stell dir vor, wie es dich erregen würde, Herrscher über eine Stadt zu sein! Menschen zu befehlen und über ihr Leben oder ihren Tod zu bestimmen!", rief sie in dem letzten Versuch, ihre und seine Ziele zu vereinen. Sie hatte Angst davor, ihn zu verlassen, aber sie strebte nach mehr. Er hatte ihr, einer einfachen Sklavin, ein unendliches Leben in Freiheit gegeben, und sie wollte es nutzen, um die Welt zu erobern.

„Du müsstest mich besser kennen, Marzia."

Das Leder seines Waffenrocks presste sich hart gegen den fließenden Stoff ihrer weißen Tunika. Er bemerkte das Armband aus goldgefassten Türkisen und ihre neue Halskette. Geschenke von Flavius. Als ahnte er das, fasste er nach den erlesenen Perlen und ließ sie durch seine Finger gleiten. Marzia spürte die Wut, die wie siedendes Wasser unter seiner Oberfläche brodelte.

„Wie sollte mich etwas so … Banales wie die Bürger Roms interessieren? Warum sollte ich den Befehl zum Töten geben wollen, wenn ich es doch selbst tun kann?"

Er zog die Kette an ihrer Kehle fest und wusste, dass es ihr Schmerzen bereitete. Sie ließ es geschehen – ein letztes Mal.

„Ich könnte dir nehmen, was ich dir schenkte. Ich könnte dein Leben nehmen."

Er schnürte ihre Kehle noch enger, bis die Kette riss und die glänzenden Perlen über ihre Tunika regneten und davonrollten.

„Und genau das werde ich tun – nur nicht heute, meine machthungrige Gespielin. Ich warte, bis du alles erreicht hast, was du dir so gierig ausmalst … und dann komme ich und zerstöre dich, Marzia", wisperte er seine Drohung in ihr Ohr.

Brutal hatte er ihren Kopf nach hinten gebogen und war

ihr mit seiner Zunge über die Kehle gefahren. Triumphierend hatte er sie angesehen.

„Am Ende schmecken alle Weiber gleich", hatte er geflüstert. „Der gleiche Geschmack nach billiger Angst."

Marzia öffnete die Augen und ignorierte die fragenden Blicke ihrer Begleiter. Der Pilot setzte zur Landung an und lieferte ihr damit einen willkommenen Grund, die Vergangenheit für den Moment ruhen zu lassen.

Doch, obwohl sie den restlichen Tag verzweifelt versuchte, sich zu beschäftigen, gelang es ihr nicht, diese alles verzehrende Angst loszuwerden. Ihre Villa, hoch oben auf dem östlichen Hügel Roms erschien ihr mit einem Mal nicht länger sicher. Sie glaubte beinahe, Gespenster zu sehen.

Schlecht gelaunt griff Marzia zur Fernbedienung und schaltete Musik an. Sie brauchte etwas, um ihre Nerven zu beruhigen.

War er – der Wanderer – wirklich hier, um eine Drohung wahr zu machen, die er vor fast zweitausend Jahren ausgesprochen hatte? War er hier, um ihr alles zu nehmen, was sie so mühsam erreicht hatte?

Sie atmete tief durch, um sich zu fassen und roch dabei ihren Schweiß. Es war der Geruch nach Angst.

„Das würde dir gefallen, du Mistkerl", fluchte sie und versuchte, das Zittern ihrer Hände zu unterdrücken, als sie die Schublade ihres Sekretärs öffnete.

Sollte er ruhig kommen, sie hatte Vorkehrungen getroffen. Als sie das Gewicht der Handfeuerwaffe spürte, fühlte sie sich besser. Sie schloss ihre Finger um den Griff ihrer Walther PPK und tastete in der Schublade nach der Munition. Als sie die speziell nach ihren Vorgaben angefertigten Patronen in ihre Hand schüttete, war ihre

Angst wie weggeblasen. Der rubinrote Schimmer des Projektils entlockte ihr sogar ein Lächeln.

Mit neu gewonnener Stärke trat sie auf den Balkon und ließ ihren Blick über den Pool und den parkähnlichen Garten ihres Anwesens wandern, welches in stiller nächtlicher Schönheit vor ihr lag. Marzia atmete tief den ihr vertrauten Duft Roms ein, doch sie erinnerte sich auch an eine Zeit, in der heißer Rauch und verbranntes Fleisch die einzigen Gerüche waren, die die Luft über den sieben Hügeln schwängerten.

Sie war zu jener Zeit Sklavin im kaiserlichen Haushalt Neros gewesen, und, als dieser einen unangemeldeten Besucher empfangen hatte, schickte man sie, Wein, Brot und Früchte darzureichen.

„Alle tot?", hörte sie Nero ungläubig fragen und zögerte, das anscheinend wichtige Gespräch zu stören.

Sie schlüpfte hinter eine der Säulen, um zu hören, wann sich die Unterhaltung beruhigen würde.

„Am Tiberufer türmen sich die Leichen? Dann geh und verschließe den Kanal, in den du dieses Gift gegossen hast! Und tötet die Christen, die es bei sich trugen!", befahl der Kaiser harsch. Marzia hörte, wie er den Überbringer der Nachricht, sicher ein Soldat, mit einer Peitsche schlug.

„Da seht Ihr, was dieses Pack uns antun will! Bringen Gift in mein Reich – wohl, um uns zu vernichten!", tobte ihr Herr.

Marzia fragte sich, mit wem er jetzt sprach, da der Soldat längst aus dem Thronsaal geflohen war. Vorsichtig spähte sie um die Säule, hinter der sie sich verborgen hielt, denn sie wollte nicht auch die Peitsche zu spüren bekommen.

Sie sah ihn im selben Moment, als er zu sprechen ansetzte. Er war groß, schlank und trug sein Haar so kurz, als wäre es mit einem Messer geschoren worden. Seine purpurne Toga schien erlesener als die Neros, und auch seine stolze Haltung stand der des Kaisers in nichts nach.

„Ihr solltet den Soldaten zurückrufen", schlug der Fremde emotionslos vor. „Er weiß zu viel – und außerdem nimmt er es mit Euren Befehlen nicht so genau."

Marzia konnte nicht sehen, was er tat, aber es schien, als zeigte er Nero etwas, das er aus einer der Falten seiner Toga nahm.

„Beim Jupiter – was ist das?", fragte Nero und streckte die Hand fordernd aus.

Die Sklavin schnappte nach Luft, als sie den großen roten Edelstein sah, der nun in des Kaisers Händen lag.

„Im Inneren dieses Rubins bewahrten die Christen eine mächtige Flüssigkeit. Wie Ihr ..."

Der Fremde nahm Nero den Stein wieder ab und trat an den weitläufigen, von Säulen getragenen Balkon des offenen Thronsaals. „... wie Ihr, war auch ich hinter den Männern aus Judäa her – wenn auch aus anderen Gründen. Ich sah Euren Krieger mit dem Stein, aber ehe ich ihn davon abbringen konnte, den Inhalt zu vergießen, war es schon geschehen. Einzig den Rubin konnte ich ihm entwenden, denn in seiner Gier verzichtete er darauf, ihn ebenfalls zu zerstören."

„Für wen haltet Ihr Euch? Und wie kommt Ihr dazu, Euch in meine Belange einzumischen?", fragte Nero sichtlich erzürnt.

„Ich bin Eure Rettung. Ihr wisst nicht, was Ihr da freigesetzt habt, aber ich sage Euch, es kostet Euch Euren Thron."

Neros Gesicht färbte sich rot vor Wut, und Marzia presste sich dicht an die Säule. Sie flehte die Götter an, er möge sie in seiner Raserei nicht entdecken.

„Nichts kostet mich meinen Thron, du Narr! Jeder, der sich mir in den Weg stellt – oder meint, mich bedrohen zu können, findet ein schlimmes Ende! Fragt meinen Stiefbruder Britannicus oder meine Mutter … meine beiden Eheweiber, wie es ist, mich zu erzürnen …"

Er legte sich wie ein sinnierender Künstler die Hand an die Lippe und lächelte, ehe er weitersprach.

„… Obwohl sie Euch nicht antworten werden, denn sie weilen nicht mehr unter uns."

Unbeeindruckt von Neros zur Schau gestellter Härte steckte der Fremde den Rubin zurück in seine Toga.

„Ich verstehe. Da Ihr also dazu neigt … Eure Schwierigkeiten zu lösen, solltet Ihr mir nun zuhören, denn ich bin hier, um mich Eures dringlichsten Problems anzunehmen."

Die Peitsche, eine kurze, neunschwänzige Katze, schlug seitlich gegen Neros Schenkel, während er offenbar abwog, was er tun sollte.

„Wie könntet Ihr das?", fragte er.

„Der Soldat, der das Gift in die Kloake goss, wird behaupten, er habe Euren Befehl befolgt. Lasst mich kurz nachdenken … habt Ihr nicht ohnehin schon den Senat gegen Euch aufgebracht? Wie wird Rom reagieren, wenn der eigene Kaiser Gift ins Wasser mischt?"

Nero schlug zu, und Marzia zuckte zusammen, sodass die Gläser auf ihrem Tablett klirrten. Das verräterische Geräusch ging in Neros Gebrüll unter.

„Verleumdung! Bei Minervas Lanze, Ihr seid des Todes!", rief er und ließ ein weiteres Mal die Peitsche niederfahren. Aber auch davon blieb der Fremde anscheinend unbeeindruckt und wischte sich nicht einmal das Blut von der Schulter.

„Was erzürnt Ihr Euch so?", fragte er schlicht. „Erkennt

Ihr nicht einen … *Freund*, wenn er vor Euch steht?"

„Freund? Ihr kommt hier her und beleidigt mich, ja, bedroht mich!"

„Das tat ich nicht. Ich sprach die Wahrheit, aber … wenn Euch diese bedrohlich erscheint, solltet Ihr nicht länger zögern, mir zu vertrauen."

Nero setzte sich auf seinen erhöht stehenden Ehrenplatz und legte sich die Peitsche über die Schenkel.

„So sprecht … aber hütet Eure Zunge!"

„Verlasst die Stadt. So schnell Ihr könnt. Überlasst es mir, die gefangen genommenen Christen zu töten, denn ich bin der Einzige, der das wirklich vermag. Dann werde ich alle Spuren vernichten."

„Was soll dieser Unsinn? Es braucht nicht einmal einen volljährigen Knaben, diese Jünger Christi zu erledigen."

„Das Gift, das Ihr so gedankenlos vergossen habt – es ist kein Gift! Wäre es das, hättet Ihr weit geringere Probleme. Der Inhalt des Rubins verleiht Unsterblichkeit, und mit dem Morgengrauen werden all jene, die eben noch tot am Ufer liegen, als Unsterbliche zurückkehren."

Marzia war gebannt von dem, was der Fremde sprach. War das möglich? Wie konnte es so etwas geben?

„Unsterblichkeit?", rief Nero ungläubig. „Beim Jupiter, für wie dumm haltet Ihr mich, dass Ihr mir so einen Bären aufbinden wollt? Gebt mir den Rubin – ist noch etwas von dem Mittel darin? Ich will mich selbst davon überzeugen?"

„Nein. Ich fordere den Stein zum Ausgleich für meine Dienste."

„Niemals! Ich lasse Euch häuten und den Tieren vorwerfen, wenn Ihr …"

„Bedenkt die Alternative", unterbrach der Fremde Neros tobendes Geschrei. „Das Wunder der Wiedergeburt – mitten in Rom, dort, wo noch vor wenigen Stunden die

Männer aus Judäa von der Liebe ihres Heilands gepredigt haben? Wollt Ihr das?"

„Natürlich nicht! Aber sagt mir, wie wollt Ihr diese Katastrophe verhindern? Und warum solltet Ihr mir helfen? Was versprecht Ihr Euch davon?"

„Meinen Preis nenne ich Euch später – Ihr werdet ihn, ohne zu zögern, bezahlen, anderenfalls …"

Marzias vor Anspannung schon tauben Fingern entglitt das Tablett, und, in ihrem Versuch, die Gläser zu fangen, fiel sie der Länge nach zu Boden.

Noch ehe sie sich hatte aufrappeln können, war der Kaiser bei ihr gewesen und hatte sie an den Haaren hinter sich her gerissen. Grob hatte er sie vor seinem Thron zurück auf die Knie gestoßen und mit der neunschwänzigen Katze auf sie eingeprügelt. Bereits beim ersten Schlag hatten ihr die metallenen Kugeln am Ende der Peitsche das Fleisch vom Rücken gerissen.

Die qualvollen Erinnerungen ließen Marzia schaudern, und mit einem Mal erschien ihr die Nacht nicht mehr friedlich. Ihr schien es, als hätten die Schatten Augen.

Schnell ging sie zurück in ihr Schlafzimmer und verriegelte die Tür, die Pistole dabei fest an sich gepresst.

Die alten Narben auf ihrem Rücken brannten, als wären sie frisch, und sie fühlte beinahe das Blut, welches ihr vor fast zweitausend Jahren bis auf die Schenkel hinabgeronnen war.

GABRIELS ERBE

———◆———

J ulien schlich sich aus dem Raum und schloss leise die Tür hinter sich, um Fay nicht zu wecken. Nach seiner Morgendusche hatte er nicht widerstehen können, noch einmal zu ihr zurückzukehren, um sie ein wenig länger im Schlaf zu betrachten. Sie war wirklich verlockend. Ihr warmes Bett zu verlassen, war ihm nicht leichtgefallen. Aber er schuldete es ihr, alles zu tun, um Chloé aus den Fängen des Wanderers zu befreien.

„Guten Morgen, Juls."

Verdammt! Er fühlte sich ertappt, als er Lamar lässig hinter sich an der Wand des Flurs lehnen sah. Wie es schien, war sein nächtlicher Aufenthalt in Fays Zimmer nicht unbemerkt geblieben.

Lamar kam mit verärgert zusammengekniffenen Lippen auf ihn zu.

„Gut ... geschlafen?"

Um Fay nicht zu wecken, bedeutete Julien seinem Freund, ihn nach unten zu begleiten, und ging ohne Antwort davon.

In der Küche war noch alles ruhig. Nur die Katze begrüßte sie mit einem Maunzen und sprang von ihrem Stuhl, um sich ein paar Streicheleinheiten abzuholen.

„Wie geht es Alessa?", fragte Julien und fütterte den kleinen Tiger, um Lamars drängendem Blick auszuweichen.

Dieser hatte noch immer die Arme vor der Brust verschränkt, und, obwohl er nicht bereit schien, das Thema fallen zu lassen, antwortete er.

„Sie hat lange geweint. Es war spät, als sie sich schließlich zu Bett begeben hat. Ich hoffe, sie konnte Schlaf finden."

Julien nickte und ging aus der Küche. Lamar folgte ihm hinaus auf den kleinen Platz vor dem Haus. Die Luft war warm, und der wolkenlose Himmel versprach schon jetzt einen weiteren heißen Tag.

„Wo ist Cruz?", fragte Julien.

„Er hat die Nacht zum Tag gemacht – aber nicht so, wie du, Juls. Er hat sich vergewissert, dass uns niemand gefolgt ist."

Julien war wütend. Auf sich selbst, weil er nun doch mit Fay im Bett gelandet war, obwohl er wusste, dass in seinem Leben kein Platz für Romanzen war. Aber auch auf Lamar, der wirklich als Letzter den Moralapostel zu spielen brauchte.

„Hör schon auf!", verteidigte sich Julien. „Mach aus einer Mücke keinen Elefanten!"

„Du bist gut, Juls! Schleppst uns nach Rom, unseren Feinden genau vor die Nase – für was? Für einen kleinen Fick?"

Julien biss die Zähne zusammen und fuhr sich durch die noch feuchten Haare. Seine Gefühle für Fay gingen niemanden etwas an – besonders, da er sie selbst nicht richtig einordnen konnte.

„Himmel, Lamar! Ich weiß nicht, was du willst! Neulich lachst du über mein kaltes Bett – und doch verlangst du von mir, mich wie ein Mönch zu verhalten?"

„Mir ist egal, mit wem du es treibst. Wenn du dabei aber unsere Aufgabe vergisst oder die *Wahrheit* gefährdest, habe ich guten Grund, mich aufzuregen."

Julien schüttelte den Kopf und sah seinem Freund in die Augen.

„Es ist nur Sex, Lamar! Es war eine Nacht und hat nichts zu bedeuten! Ich bin mir unserer Aufgabe mehr bewusst denn je – besonders, weil wir uns direkt vor den Augen der Kirche befinden. Ich bin nicht Gabriel!"

Lamar sah ihn lange an, dann schien er zufrieden und nickte.

„Gut. Dann lass uns diese Chloé finden und das Thema beenden. Hast du schon eine Idee, wie wir vorgehen sollen?"

Julien fuhr sich über den Dreitagebart und überlegte.

„Ich hatte angenommen, der Wanderer würde Forderungen stellen. Solange wir darauf warten, will ich mir unsere *Freundin* im Vatikan zur Brust nehmen. Wollen wir doch mal sehen, ob sie weiß, wer den Bastard auf uns angesetzt hat."

Lamar runzelte die Stirn.

„Du denkst, Marzia weiß etwas?"

„Wenn ja, dann finde ich es heraus", versicherte Julien und trat zu Lamar. Er berührte ihn an der Schulter und bat leise: „Aber ich möchte, dass du ein Auge auf Fay und Alessa hast. Ich will nicht, dass ihnen etwas passiert."

———————◆·———————

Die Tränen rannen heiß über Fays Wangen, und sie hielt sich den Mund zu, um das Schluchzen zurückzuhalten.

Fassungslos stand sie am Fenster und lauschte Juliens Gespräch mit Lamar.

Sie krallte sich am Fensterbrett fest und zitterte dabei am ganzen Körper. Jeder Zentimeter ihrer Haut sehnte Juliens

Berührung herbei, und das leicht wunde Gefühl zwischen ihren Beinen machte ihr deutlich, wie naiv und leichtgläubig sie gewesen war.

„Es ist nur Sex – es hat nichts zu bedeuten!", hatte er ihre Liebesnacht vor Lamar mit Füßen getreten. Das tat so weh, dass Fay glaubte, sich übergeben zu müssen.

Enttäuscht taumelte sie zurück zum Bett, vermied aber den Blick auf die zerwühlten Laken. Juliens Duft hing noch in den Kissen, und Fay wünschte, ihr Herz würde nicht so schmerzen bei dem Gedanken, dass sie sich vielleicht in einen Mann verliebt hatte, der nicht mehr war als ein hervorragender Blender. Genau wie alle anderen Kerle! Vielleicht sogar noch schlimmer, überlegte sie, denn die gaben wenigstens zu, dass sie nur mit ihr ins Bett wollten!

Wütend wischte sie ihre Tränen fort und schlüpfte in ihre Klamotten. Sie brauchte eine Dusche und eine Kippe, um den billigen Nachgeschmack von viel zu gutem Sex loszuwerden, aber ihre Tasche stand noch unten in der Küche.

Dann eben erst die Kippe, dachte Fay und ging barfuß die Stufen hinunter. Sie fand ihre Zigaretten gerade, als Alessa hereinkam.

„Buongiorno." Die Stimme der alten Frau klang heiser, und Fay wünschte, sie hätte von Julien mehr über sie und Gabriel erfahren. Was hatte er gesagt? Sie sei Gabriels Tochter?

„Guten Morgen, Alessa. Wie … wie geht es dir?", fragte sie vorsichtig und hoffte, der Weißhaarigen damit nicht zu nahe zu treten.

Diese versuchte sich tapfer an einem Lächeln und legte Fay eine Hand an die Wange.

„Sei unbesorgt. In meinem Alter weiß man mit Schmerz umzugehen, auch wenn er einen in immer anderer Gestalt heimsucht."

Fay lachte bitter. *In Gestalt eines gutaussehenden Unsterblichen zum Beispiel.*

„Das ist gut zu hören, Alessa. Es tut mir leid, dass du deinen Va …" Nein, sie konnte es nicht aussprechen – es war einfach zu verrückt!

„Dein Verlust tut mir leid", flüsterte sie stattdessen.

„Danke, meine Liebe. Aber magst du mir nicht erzählen, was dich heute so unglücklich macht?"

Alessa füllte Wasser in die Espressokanne, und Fay legte die Zigarettenschachtel mit einem sehnsüchtigen Blick zurück in die Tasche, ehe sie ihrer Gastgeberin zur Hand ging.

Aber anstatt dieser ihr Herz auszuschütten, fragte sie: „Was meint Julien, wenn er sagt, er sei nicht wie Gabriel? Weißt du das?"

Alessa setzte sich und bedeutete Fay, es ihr gleichzutun, während der Kaffee brühte.

„Was hat er dir über sich erzählt, Liebes?"

„Ich komme mir dämlich vor, dir zu erzählen, was er mir gesagt hat. Es … es klingt absolut … verrückt!"

Die alte Frau nickte und griff zielsicher nach Fays Hand.

„Er scheint eine hohe Meinung von dir zu haben, denn sonst hätte er sich dir nie anvertraut. Er behauptet also, nicht wie Gabriel zu sein … Aber die beiden waren ihr Leben lang wie Brüder und sich ähnlicher, als ihm vielleicht bewusst ist."

Fay wünschte, sie verstünde, was Alessa ihr zu sagen versuchte.

„Wie war Gabriel denn? War er wirklich … dein Vater?"

Alessa lächelte bei der Erinnerung an ihn.

„Ja, das war er. Ich weiß nicht, wo ich anfangen soll, denn es ist keine schöne Geschichte. Aber womöglich ist heute der rechte Tag, ihm zu gedenken."

„Wenn du nicht darüber reden möchtest, dann …"

„Nein, keine Sorge, Liebes. Es wird dir helfen, Julien zu verstehen."

Sie wandte ihren blinden Blick zur Decke und fing an zu erzählen:

„1896 kam Gabriel zusammen mit Julien und seinen Männern hierher nach Rom. Sie folgten einem Hinweis, der sie vermuten ließ, jemand könne durch Zufall auf das Elixier gestoßen sein. Das alles war ja vor meiner Zeit, darum kann ich dir nur sehr wenig darüber berichten. Ich weiß nur, dass sie während ihrer Nachforschungen auf Elisbetta trafen. Sie arbeitete damals für die Stadtverwaltung und berichtete ihnen von dem Tag, als ein Teil der *Cloaca Maxima* bei Instandhaltungsarbeiten eingestürzt war."

Fay war verwirrt.

„*Cloaca Maxima?*"

Alessa lächelte sanft.

„Richtig. Das ist das antike Abwassersystem Roms. Über die *Cloaca Maxima* wurde schon fünfhundert Jahre vor Christus das sumpfige Gebiet um den heutigen *Circo Massimo,* den Circus Maximus, entwässert und Unrat aus der Stadt gespült."

Fay war beeindruckt, aber noch immer irritiert, was das mit Gabriel zutun haben sollte.

„Diese Leitungen – sie waren teilweise so groß, dass Männer gut darin stehen konnten – wurden also instand gehalten, als etwas Merkwürdiges geschah", erzählte Alessa weiter. „Die Arbeiter öffneten einen bis dahin stillgelegten Teil des Kanals nahe des Tibers, als einer von ihnen plötzlich zusammenbrach und starb. Seine Kollegen meldeten das Unglück und vermuteten, dass sich in dem verschlossenen Rohr wohl giftige Gase gebildet haben mussten.“

„Ich verstehe nicht, was das mit Gabriel zutun hat“, unterbrach Fay Alessas Geschichte und stand auf. Sie goss ihnen den Espresso ein und balancierte die heißen Tassen zum Tisch.

„Danke, Fay“, sagte Alessa und nippte vorsichtig.

„Hab etwas Geduld. Du wirst gleich verstehen“, versicherte sie ihr. „Am nächsten Tag jedoch stand der Verstorbene wieder vor ihnen, und es wurde wild spekuliert, was passiert sein mochte. In Elisabettas Bericht stellte es sich am Ende so dar, dass wohl tatsächlich Gase ausgetreten waren, die zu Bewusstseinsstörungen aller Arbeiter und zu einer tiefen Ohnmacht des Totgeglaubten geführt haben mussten.

Dies allein hätte vielleicht noch nicht gereicht, Juliens Aufmerksamkeit auf sich zu ziehen, aber, als dann wenige Tage später der Tunnel über ebendiesen Männern einstürzte und alle erschlug, wurden sie argwöhnisch.“

„Warum?“

„Das Elixier tötet, ehe es Unsterblichkeit schenkt. Die Hüter vermuteten, dass mit dem Einsturz des Kanals der Fund des Elixiers vertuscht – ja, vielleicht sogar Zeugen ausgeschaltet werden sollten. Jedenfalls übernahm es Gabriel, von Elisabetta alles über den Vorfall in Erfahrung zu bringen und …“

Alessas Lippen pressten sich zusammen, als würde sie eine bittere Pille schlucken.

„… und dabei kamen sich die beiden näher. Elisabetta hatte es ihm sicher nicht schwer gemacht, sich in sie zu verlieben, denn sie war atemberaubend schön.“

„War sie deine Mutter?“, fragte Fay gefesselt.

„Immer der Reihe nach, Liebes“, ließ sich Alessa nicht

beirren und erzählte weiter. „Es war für Gabriel nicht leicht, sich seiner Gefühle zu bekennen, denn er sah natürlich die Probleme."

„Welche Probleme denn?"

Alessa lachte.

„Überleg doch selbst. Ein unsterblicher Mann, der nicht alterte, und eine ganz normale Frau. Wohin sollte so eine Beziehung führen?"

Fay biss sich auf die Lippe. Das war tatsächlich etwas, worüber sie noch nicht nachgedacht hatte. Die Frau würde altern und sterben, während er …

„Hätte Gabriel sie nicht ebenfalls unsterblich machen können?", überlegte sie.

Zärtliches Bedauern schwang in Alessas Stimme. „Nein, meine Liebe, das hätte er nicht. Julien und seine Männer sind Hüter. Sie würden nie die Macht des Elixiers für ihre eigenen Zwecke einsetzen. Und weil das alle wussten und einen Konflikt innerhalb der Gruppe vermeiden wollten, sah niemand die Beziehung zu Elisabetta gerne. Als sie dann feststellte, dass sie schwanger war …"

Alessa schüttelte den Kopf.

„… Gabriel war glücklich und zugleich verzweifelt. Er freute sich auf das Kind, aber der Zwiespalt mit seinen Brüdern und seine Angst, den irgendwann unvermeidlichen Tod seines Kindes und seiner Geliebten nicht ertragen zu können, schwebte wie eine dunkle Wolke über seinem Glück."

Fay bekam Gänsehaut, als sie sich vorstellte, wie Gabriel sich gefühlt haben musste.

„Das ist ja schrecklich!", murmelte sie. „Wie ging es weiter?"

„Elisabetta verschwand. Von einem auf den anderen Tag. Gabriel hat sie überall gesucht. Er und Julien vermuteten, dass ihre Feinde sie als Druckmittel verwenden wollten, um an die *Wahrheit* zu gelangen, und setzten alles in Bewegung, sie zu finden."

Alessa wirkte alt und verletzlich, als sie weitersprach.

„Gabriel war nicht wiederzuerkennen. Die Angst um seine Geliebte machte ihn rasend. Julien hat mir erzählt, dass niemand von ihnen zu ihm vordringen konnte. Das spaltete die ganze Gruppe. Julien war wütend auf Louis, weil er eigentlich ihm den Auftrag gegeben hatte, Elisabetta zu befragen. Louis hingegen machte sich Vorwürfe, weil er an jenem Tag in einem Bordell verschwunden war und Gabriel seine Aufgabe übernommen hatte. Sie alle wussten, dass Louis niemals in diese Falle getappt wäre, denn er neigte nicht zu zärtlichen Gefühlen. Es war eine Zeit, in der die Nerven der Hüter blank lagen und sie alle mit angehaltenem Atem darauf warteten, dass irgendetwas geschah. Wochen später … erhielten sie eine Nachricht."

Fay hielt die Luft an, und die Stille in Alessas Küche war bedrückend. Obwohl es ein warmer Morgen war, fror Fay, und sie wünschte, das Fenster zu öffnen, um die Sonne hereinzulassen, aber die Worte der alten Frau fesselten sie an den Stuhl.

„Was stand darin?", fragte Fay schließlich.

Ehe Alessa antwortete, kam Cruz in die Küche.

„Weiß Julien, dass du über Dinge sprichst, die … nicht für jedermanns Ohren bestimmt sind?"

Alessa wandte sich zu ihm um. Er postierte sich am Türrahmen wie ein Türsteher und kreuzte seine muskulösen Arme streng vor der Brust.

„Glaubst du, ich brauche seine Erlaubnis?", fragte die alte Frau und schüttelte matt den Kopf.

„Habe ich nicht schon vor vielen Jahren bewiesen, dass meine Loyalität euch Hütern gegenüber keine Grenzen kennt?", fragte sie enttäuscht. „Habe ich nicht mein Augenlicht gegeben, um euch und die *Wahrheit* zu schützen?"

Cruz schien verlegen. Er trat zu ihr und legte Alessa liebevoll die Hände auf die Schultern.

„Natürlich. Niemand stellt das infrage, aber Julien würde nicht gefallen, wie offen du mit ihr sprichst."

Bedauernd presste er die Lippen zusammen, als er Fay ansah.

„Nichts gegen dich", versicherte er ihr.

„Jetzt hör mir gut zu. Niemand – und ich am allerwenigsten – will, dass sich die Vergangenheit wiederholt", erklärte Alessa streng. „Ihr bringt das Mädchen hierher und zieht sie in eure Geschäfte hinein. Ihr tut so, als wäre sie in diesem Haus in Sicherheit. Das ist Schwachsinn – und du weißt das. Julien schläft mit ihr, und das allein macht sie für all jene dort draußen zu einem Werkzeug gegen euch. Es ist besser, sie weiß, worauf sie sich einlässt!"

Fay schoss das Blut in die Wangen, und Cruz sah sie überrascht an.

„Er schläft mit dir?", fragte er schroff und funkelte Fay böse an.

„Nein! Woher …? Also ich meine … das geht hier ja wohl keinen etwas an!"

Sie sprang auf, griff sich ihre Zigarettenschachtel und floh aus dem Haus.

Sie rannte die Straße entlang, die sie am Vortag gekommen waren, und erreichte völlig außer Atem die Uferstraße am Tiber. Zu ihrer Rechten führte die Engelsbrücke über den Fluss, und, als erhoffte sie sich von den in der Sonne strahlenden Engeln Zuspruch, rannte sie darauf zu. Sie fühlte sich verraten und gedemütigt, und es schien, als drehte sich die Welt seit Tagen in die falsche Richtung.

Wie Alice im Kaninchenbau, überlegte Fay, als sie an all die unwirklichen Dinge dachte, die sie in den letzten Stunden erfahren hatte. Doch sie wollte nicht hilflos und verletzlich durch eine Welt irren, die sie nicht verstand! Am besten noch an der Seite des Mannes, der sie so enttäuscht hatte!

Wo war ihr Ausweg aus diesem Wunderland? Würde sie nach diesen Erlebnissen je wieder die alte sein?

Ihr brummte der Kopf, und sie rieb sich die Schläfen. In der Mitte der Brücke wurde Fay langsamer und blieb schließlich stehen. Sie trat an die fast schulterhohe, mit riesigen Engeln gesäumte Brüstung und bewunderte das atemberaubende Panorama.

Der Tiber machte eine Kurve, und direkt vor ihr lag das Herz des christlichen Glaubens. Der Petersdom mit seiner hell leuchtenden Kuppel. Am anderen Ufer thronte eine runde Festung aus leicht rötlichem Stein. Die Engelsburg. Der Engel an der Spitze sah aus, als zöge er seine Waffe gegen jeden, der sich dieser Burg mit böser Absicht näherte.

Sie klopfte sich eine Zigarette aus der Schachtel und steckte sie an, ehe sie ihren Blick wieder hinüber zum Petersdom wandern ließ. Konnte diese beeindruckende Kathedrale wirklich auf einem Fundament aus Lügen errichtet sein?

Noch ehe sie sich auch nur einen Gedanken dazu machen konnte, räusperte sich jemand neben ihr. Sie drehte sich um und wunderte sich nicht wirklich, dass Cruz ihr gefolgt war.

„Was willst du?", fragte sie schroff und blies ihm den Rauch ins Gesicht.

„Ich will dich zurückbringen."

„Leck mich, Cruz!", fauchte sie und funkelte ihn wütend

an. „Was glaubt ihr eigentlich, wer ihr seid? Warum glaubst du, es ginge dich auch nur im entferntesten etwas an, mit wem ich ins Bett gehe?"

„Fay, hör doch auf! Alessa hat recht. Es ist gefährlich für dich, wenn du Gefühle für Julien entwickelst", versuchte er, sie zu beruhigen.

„Wovon zum Teufel sprichst du? Ich bin eine Stripperin. Ich zieh mich für Geld aus! Normalerweise komm ich nicht aus Paris raus, aber Julien hat mich sogar nach Rom mitgenommen."

Fay fühlte sich wie der Engel, der die Waffe zückte, als sie ihren inneren Schutzwall hochfuhr.

„Da scheint es mir das Mindeste, ihn aus Dankbarkeit mal ranzulassen, meinst du nicht?"

Sie fuhr sich durch die Locken und setzte den Blick auf, den sie in der Bar immer verwendete, um Gäste anzuheizen.

„Du bist doch nicht neidisch, Cruz? Weil du selbst gerne …"

„So ist das also?", unterbrach er sie und sah ihr direkt in die Augen. Er glaubte ihr wohl kein Wort, aber Fay hatte nicht vor, sich noch einmal so verletzlich zu zeigen.

„Ja, so ist das", behauptete sie und schnippte die Kippe über die Brücke.

———◆———

Cruz rieb sich das stoppelige Kinn und musterte Fay. Sie schien verletzt, obwohl sie die Harte gab. So leid es ihm tat, dass er ihre Hoffnungen, auf … nun, auf was auch immer mit Julien zerstören musste, so wichtig war doch, dass sie verstand. Vielleicht hatte Alessa hier ja gar nicht so unrecht. Fay steckte viel zu tief in der Scheiße, die er und seine

Brüder verursacht hatten, als dass man sie mit Halbwahrheiten abspeisen konnte.

„Und jetzt?", fragte sie schnippisch. „Willst du noch länger hier stehen und mich anglotzen?"

Er musste grinsen, weil sie vielleicht einem normalen Mann etwas vormachen konnte, aber nach tausend Jahren im Umgang mit Menschen verfügte er über ein wenig mehr Feingefühl und Menschenkenntnis als die Kerle, mit denen sie sonst zu tun hatte.

„Ich glotze dich nicht an – und das weißt du. Ich überlege, was ich nun mit dir mache. Du siehst nicht so aus, als wolltest du zurück in die Wohnung."

„Nein. Diese Dunkelheit macht mich fertig ... warum hält Alessa alle Fensterläden geschlossen?"

„Helligkeit verursacht ihr Kopfschmerzen", erklärte Cruz versöhnlich.

„Wirklich? Ich dachte, sie ist blind? Kann sie hell und dunkel überhaupt unterscheiden?"

„Sie ist nicht von Geburt an blind."

„Sie hat gesagt, sie hat ihr Augenlicht für euch gegeben?"

Cruz sah sie an. Ihre roten Locken tanzten im Wind. Ihr Shirt konnte nicht verbergen, dass sie keinen BH trug, und ihre Jeans saß eng an ihren Beinen, sodass er nicht viel Fantasie brauchte, um sich vorzustellen, warum sein Freund sich auf Fay eingelassen hatte. Doch wie weit konnte man einer Stripperin vertrauen?

„Was hat Julien dir erzählt, Fay?"

Fay schnaubte und griff nach ihren Zigaretten.

„Ist das wichtig? Denkst du, eure dunklen Geheimnisse sind bei mir nicht sicher?"

Sie schüttelte den Kopf.

„Verrate mir, Cruz, wem sollte ich davon berichten? Wer würde mir so eine bescheuerte Geschichte schon glauben?

Nein, diese Peinlichkeit erspare ich mir lieber."

Cruz lachte und führte sie über die Brücke bis hinüber zur Engelsburg.

„Kann ich mir denken. Vor allem, weil wir Nebelmänner – wo immer wir auch sind – spurlos wieder verschwinden. Es gibt keine Beweise für … das alles. Niemand würde dir glauben."

Er machte eine Geste, die auch ihn selbst mit einschloss. Fay blieb stehen und sah ihm in die Augen.

„Tut ihr das? Verschwinden?"

Er bemerkte den Schmerz in ihrer Stimme, auch wenn sie versuchte, ihn zu verbergen.

„Ja, Fay, das tun wir. Immer."

Kurz glaubte er, sie damit verletzt zu haben, aber dann legte sich eine Maske aus gespielter Stärke und Trotz über ihr schönes Gesicht.

„Wenn das stimmt, was ist dann Alessa? Spurloses Verschwinden würde ich es ja nicht nennen, ein Kind zu hinterlassen. Und nennt ihr euch so? Nebelmänner? Soll das gruselig sein?"

Cruz lautes Lachen ließ einige Touristen sich nach ihnen umsehen, als sie die Straße hinauf zum Petersplatz gingen.

„Punkt für dich! Und nein, normalerweise nennen nicht wir uns so, sondern jene, die von uns wissen."

Fay grinste.

„Und ich dachte, ich wäre die Erste, die hinter euer Geheimnis gekommen ist."

Ernster als zuvor zeigte Cruz vor sie. Der eindrucksvolle Obelisk, der das Zentrum des Petersplatzes bildete, ragte vor ihnen auf.

„Nein, leider nicht. Wir haben Feinde, Fay. Mächtige Feinde. Lass dir von Julien Alessas Geschichte erzählen. Dann verstehst du auch, warum ich dich warne."

Sie hatten den imposanten Platz erreicht, der von Säulengängen eingefasst war und dessen schiere Größe Fay schon ganz schwindelig machte.

„Gehört der Wanderer zu ihnen? Zu den mächtigen Feinden, meine ich?"

Cruz zögerte.

„Ich weiß es nicht. Ihn zu durchschauen, ist nicht einfach. Psychopathen wie er … sind unberechenbar. Er ist ein Söldner. Die Kirche ginge ein Risiko ein, mit ihm gemeinsame Sache zu machen."

„Lebt Chloé noch?", fragte sie, und zum ersten Mal bekam ihre harte Schale einen Riss. Tränen schwammen in ihren Augen, und sie presste die Lippen zusammen, um deren Beben zu verhindern.

„Sie ist so verletzlich … ich hätte besser auf sie aufpassen müssen!"

„Dem Wanderer geht es nicht um deine Schwester. Er ist hinter dem Elixier her, darum kann er es sich nicht erlauben, das einzige Druckmittel, das er hat, zu verlieren."

Er fasste sie an den Schultern und strich ihr das Haar aus dem Gesicht. Er lächelte sie Mut machend an.

„Ich bin sicher, dass sie noch am Leben ist."

LUXUSSORGEN

L angsam kam Chloé zu sich. Es kostete sie Kraft, ihre Augen zu öffnen. Das durch die weit geöffneten Flügelfenster hereinfallende Tageslicht blendete sie. Sie fühlte sich, als hätte sie am Abend zuvor zu viel getrunken. Ihr Kopf pochte, und ihre Glieder waren schwer wie Blei, als sie sich mühsam aufsetzte.

Die Erinnerung an den letzten Tag war verworren, aber der brennende Schnitt an ihrer Hand machte ihr deutlich, dass es mehr als nur ein böser Traum gewesen war.

Sie sah ihr Spray neben sich auf dem Bett liegen und nahm es erleichtert an sich, ehe sie sich umsah. Der riesige Raum war sehr modern und erlesen eingerichtet. Dunkles Holz mit elfenbeinfarbenen Kontrasten, stilvolle Leuchter und ein überdimensionaler Flachbildfernseher. Weiße Lederpolster und eine kunstvoll gearbeitete Marmortischplatte, die wohl römische Krieger bei einem Wagenrennen im *Circus* zeigten.

„Heilige Scheiße", flüsterte Chloé ehrfürchtig und strich mit den Fingern über die Möbel, um sich davon zu überzeugen, dass sie wirklich wach war. In der Mitte des großen Tisches standen mehrere Platten mit kleinen italienischen Kuchen, Trauben, an denen noch Tautropfen perlten, und heiß dampfender Kaffee in einer Kanne.

Chloé drehte sich einmal um sich selbst. Das alles sah so frisch aus, als wäre es eben erst serviert worden.

„Hallo?", rief sie unsicher. „Ist hier jemand?"

Tatsächlich öffnete sich die Tür, die ebenso stilvoll vertäfelt war wie die Wände, und eine Frau, etwa in ihrem Alter, kam herein und knickste. Sie trug einen kurzen schwarzen Rock, eine schlichte Bluse und eine weiße Schürze, die sie wie ein typisches Zimmermädchen wirken ließ.

„Buongiorno, Signorina. Haben Sie einen Wunsch?"

Chloé schüttelte überrascht den Kopf.

Was war denn das? Wo zur Hölle war sie? Im italienischen *Four Seasons*?

„Wo bin ich?", fragte sie irritiert.

„In Rom, Signorina."

Chloé rieb sich die Schläfen, um klar denken zu können.

„Nein, ich meine … wo zum Henker bin ich *hier*?"

„Ich bin nicht befugt, darüber Auskunft zu geben, aber bitte, zögern Sie nicht, jeglichen Wunsch zu äußern. Ich bin hier, um Ihnen diese zu erfüllen."

War sie wirklich wach? Chloé überlegte, ob sie sich kneifen sollte, so skurril erschienen ihr der Raum, der Luxus und auch die etwas gestelzt klingende Sprache des Zimmermädchens.

„Wenn das so ist … will ich telefonieren."

Das Mädchen lächelte freundlich.

„Tut mir leid. Das wird nicht möglich sein. Ich bin nicht befugt, Kontakt nach draußen herzustellen. Sie können diesen Raum zwar nicht verlassen, aber ich bitte Sie – machen Sie sich dennoch eine schöne Zeit."

„Eine schöne Zeit?", äffte Chloé deren biederen Ton nach. „Klar, ich mach mir doch einfach mal einen lässigen Tag – im Haus eines Irren!", rief sie hysterisch und rannte zu den weit geöffneten bodentiefen Fenstern, die auf einen Balkon führten.

Sie lehnte sich übers Geländer und erkannte, dass sie sich mindestens im 5. Stockwerk befand und eine Flucht auf diesem Weg unmöglich war. Im Garten unter ihr schnitt ein Gärtner eine Zypresse in Spiralform nach.

„Hilfe!", schrie sie so laut sie konnte und wedelte mit den Armen.

Der Mann sah auf. Er zog seinen Hut und nickte ihr zum Gruß zu.

„Hilfe! Ich brauche Hilfe!", wiederholte sie, aber der Mann wandte sich einfach ab und schnitt weiter an den Zweigen herum.

„Wenn Sie frische Blumen möchten, wird er Ihnen gerne einen Strauß bringen", erklärte das Zimmermädchen, das ihr bis an die Balkontür gefolgt war.

„Fick dich!", fluchte Chloé und drängte sich an der emotionslos wirkenden Frau vorbei.

„Ich muss hier raus", murmelte sie, und vor lauter Aufregung spürte sie, wie ihre Brust eng wurde. Schnell nahm sie einen Hub ihres Medikaments und rannte zu der Tür, durch die das Zimmermädchen hereingekommen war. Es gab keine Klinke, sodass Chloé vor Enttäuschung und Wut fest mit dem Fuß gegen das Holz trat.

„Signorina, die Tür wird überwacht. Hier sind überall Kameras. Warum essen Sie nicht einfach eine Kleinigkeit, nehmen ein Bad und genießen den sonnigen Tag?"

Sie öffnete eine Tür, die Chloé bisher nicht aufgefallen war, und deutete auf ein imposantes Bad im altrömischen Stil mit Marmor, Gold und einem im Boden eingelassenen Becken, das selbst Kleopatra gefallen hätte. Ein kunstvolles Mosaik überzog den Boden und einen Teil der Wände. Noch während Chloé über den unfassbaren Luxus staunte, hörte sie das dumpfe Schließen der überwachten Tür. Sie war wieder allein.

Ratlos ging sie durch die Zimmer und fragte sich, was ihr Entführer damit bezweckte. Noch einmal trat sie hinaus auf den Balkon. Möbel aus Tropenholz luden dazu ein, ein Sonnenbad zu nehmen, und eine Flasche eisgekühlten Champagners stand in der Mitte des Tisches, aber Chloé hatte nicht vor, ihre Sinne durch Alkohol zu benebeln.

Sie musste hier raus – und zwar bevor der Psycho mit seinem Messer zurückkam, um eine weitere Runde seiner kranken Spiele mit ihr zu spielen.

Die Aussicht auf Rom war atemberaubend, aber für Chloé hätte es auch der Blick auf eine Müllhalde sein können, so wenig interessierte sie das. Wie sie erwartet hatte, war das Gebäude in den wenigen Minuten, seit sie zuletzt über die Brüstung gesehen hatte, nicht geschrumpft, und so war hier nach wie vor kein Ausweg zu finden.

„Denk nach!", ermahnte sie sich selbst, aber ihr pochender Kopf, dem die Sonne noch weiter zusetzte, vereitelte schließlich jeden Gedanken an Flucht durch den Garten.

Hilflos der Tatsache ins Auge sehend, dass sie sich in einem goldenen Käfig befand, ging sie hinein und goss sich eine Tasse Kaffee ein. Sie brauchte Kraft, wenn sie nicht jede Chance auf Rettung vertun wollte, und so zwang sie ein wenig des Essens in ihren rebellierenden Magen. Sie musste zugeben, es schmeckte köstlich, auch wenn ihr Appetit zu wünschen übrig ließ.

Je mehr Zeit verging, ohne dass etwas geschah, umso ratloser wurde Chloé. Was wollte der Kerl von ihr? Wer war er überhaupt?

Ihre Haut kribbelte, als sie sich an den Moment erinnerte, als er seine Zunge über den Schnitt hatte gleiten lassen. In dem Augenblick, in dem ihr ganzer Körper nur aus Schmerzen zu bestehen schien, war ihr dies fast wie eine rettende Zärtlichkeit vorgekommen. Gedankenversunken strich sie über die verkrustete Wunde und wurde sich dabei ihrer blutbefleckten Kleidung bewusst.

Zögernd ging sie ins Bad und ließ Wasser über ihre Hände und Arme laufen.

„Darf ich Ihnen ein Bad bereiten?", ließ sie die Stimme des Zimmermädchens zusammenzucken, dessen Rückkehr sie nicht bemerkt hatte.

Ohne auf eine Antwort zu warten, ließ sie Wasser in die Wanne, goss aus einem silbernen Kännchen einen milchigen Badezusatz ein und streute wohlriechende Blüten dazu. Sie nahm aus einem Schrank dicke Badetücher heraus und breitete sie auf einem Sessel neben dem Becken aus.

Chloé beobachtete die Vorbereitungen schweigend. Nie zuvor hatte sie solchen Luxus und so eine zuvorkommende Behandlung erlebt. Die Worte des Wanderers kamen ihr in den Sinn: *Du wirst tun, was ich sage. Du wirst mir nichts verweigern, was ich verlange. Dann wird es dir an nichts fehlen. Ich kann dir alles geben, was du erträumst, doch widersetzt du dich mir ...*

Sie hatte sich doch widersetzt, oder etwa nicht? Immerhin hatte sie ihn *Arschloch* genannt. Ihr Schnitt brannte, und sie hob die Hand an ihre Brust. Aber sie hatte ihm ihr Blut gegeben.

Freiwillig ... Nein, nicht wirklich freiwillig, aber es war ihre Hand gewesen, die das Messer geführt hatte.

„Bitte, Signorina", riss sie das Mädchen aus ihren Gedanken und deutete auf das fertige Bad. „Rufen Sie mich, wenn Sie noch etwas benötigen."

Damit zog sie sich so leise zurück, wie sie gekommen war. Chloé war sich der Kameras bewusst, von denen die Frau gesprochen hatte, als sie zögernd anfing, ihre schmutzigen Klamotten auszuziehen. Sie fühlte sich mit jedem Stück, das sie ablegte, hilfloser und verwundbarer. Was, wenn er jetzt hereinkäme?

Ihre Angst ließ sie erneut zu ihrer Arznei greifen, ehe sie hektisch in die Wanne stieg.

Das warme Wasser umschmeichelte ihren Körper, aber Chloé konnte keine Entspannung finden. Schnell wusch sie sich das verkrustete Blut von der Haut, als könnte sie dadurch auch die Erinnerung abspülen. Aber je mehr sie versuchte, nicht an ihn zu denken, umso deutlicher wurden die Bilder dessen, was geschehen war.

Er hatte auf ihr gelegen. Sie hatte seine harte Männlichkeit gespürt, die sich durch die Kleidung hindurch gegen ihr Becken gepresst hatte. Er hatte sich auf ihr bewegt, aber ihr dabei keine Gewalt angetan.

Er hätte es gekonnt, das wusste sie. Sie wäre seiner Attacke hilflos ausgeliefert gewesen – aber dennoch hatte er sie verschont. Warum? Sie hatte ja schon zuvor deutlich gesehen, dass er erregt gewesen war. Trotzdem hatte in seinem Blick Verlangen mit Zurückhaltung gerungen, als er sie geküsst hatte.

Die Erinnerungen ließen ihren Puls schneller schlagen, und sie konnte noch immer sein Glied an ihrem Becken, seinen Atem auf ihrer Haut und seine Zunge in ihrem Mund spüren. Es war wie ein Albtraum, der einem nachhing, wenn man bereits erwacht war.

Im Mondschein

———————— ◆ ————————

Es war bereits dunkel, als Marzia ihren Ferrari in die Tiefgarage steuerte. Das Wummern des Motors vibrierte in ihrem Körper und klang wie Musik in ihren Ohren.

Hinter ihr schloss sich automatisch das Tor, als ihre Louboutins den Boden berührten und ihr kurzer Rock beim Aussteigen über das Leder ihres Sitzes glitt. Ihre Schritte hallten auf dem roséfarbenen Marmor, als sie auf die Tür zu ihrer Villa zuging.

Irritiert blieb sie stehen. War da ein Geräusch? Sie drehte sich um, ließ ihren Blick über den Ferrari, ihren 911er-Porsche und ihren Liebling, den alten Alpha Romeo Spider gleiten, und war froh um das Gewicht der Waffe unter ihrem Blazer.

Sie hielt den Atem an und lauschte. Außer ihrem hämmernden Herzschlag war nichts zu hören, und sie kam sich langsam dumm vor. Schon den ganzen Tag lagen ihre Nerven blank, was wohl auch der Tatsache zuzuschreiben war, dass sie in der letzten Nacht kein Auge zugetan hatte. Sie hatte ihre müden Augen heute hinter einer dunklen Sonnenbrille versteckt und sich am Nachmittag zur Entspannung eine Massage gegönnt. Trotzdem gelang es ihr nicht, ihre überreizten Nerven unter Kontrolle zu bringen. Entschlossen, sich nicht länger selbst verrückt zu machen, tat sie das Kribbeln in ihrem Nacken als Einbildung ab und tippte den Code, der die Tür öffnete, in das blau beleuchtete Sicherheitsfeld.

Im Haus stellte sie die Alarmanlage scharf und legte den Blazer ab.

In der plötzlichen Kühle der klimatisierten Luft konnte sie zum ersten Mal an diesem Tag erleichtert durchatmen. Sie schlüpfte aus den Schuhen, löste den strengen Haarknoten in ihrem Nacken und massierte sich die Kopfhaut, während sie in die Küche ging. Mit leisem Summen förderte ihr Kühlschrank Eiswürfel in ein Glas, und Marzia fischte sich einen davon heraus, ehe sie das Glas mit Rum auffüllte. Sie rieb sich das Eis in den Nacken und fuhr sich damit in den Ausschnitt ihrer Bluse.

Dann nippte sie an ihrem Drink und nahm ihn mit hinauf ins obere Stockwerk. Der dicke Teppich schluckte ihre Schritte und das Rascheln ihres zu Boden gleitenden Rockes. Sie schaltete alle Lichter an – ein Eingeständnis an die immer noch unter der Oberfläche lauernde Angst –, während sie ihren Laptop aufklappte. Sofort hatte sie alle Bilder des Überwachungssystems vor sich. Die Lämpchen aller Systeme leuchteten beruhigend grün.

„Na also!"

Es gab keinen Grund, sich verrückt zu machen. Sie legte das Schulterholster ab und knöpfte die Bluse auf. Auf dem Weg ins Bad fiel diese genauso achtlos zu Boden wie zuvor der Rock und nun die Seidenstrümpfe.

Als Marzia aus dem Bad kam, trug sie ihren schwarzen Bikini und ein Handtuch unter dem Arm. Sie leerte den Drink und genoss die Kühle der am Glas kondensierten Tropfen auf ihrer Haut.

Barfuß stieg sie die Stufen wieder hinunter und drehte die Stereoanlage voll auf. Zufrieden entsicherte sie die

Alarmanlage der großen Schiebetür zum Garten hin. Die Nacht roch nach Geißblatt und Chlor, welches der glänzenden Oberfläche ihres Pools entstieg. Die Unterwasserstrahler verliehen ihm den türkisen Farbton karibischen Gewässers.

Der laute Bass aus der Villa ließ schwache Ringe auf dem Wasser tanzen, als Marzia das Handtuch auf den Deckchair legte.

Den ganzen Tag hatte sie sich danach gesehnt, ihre Sorgen einfach abzuspülen, darum zögerte sie nicht, als sie an das Becken trat, sondern hechtete elegant wie ein Sportschwimmer hinein. Mit kräftigen Zügen durchpflügte sie das Wasser. Die Bahn war nicht lang, daher reichten ihr drei Atemzüge, bis sie die Wende schwamm und zurückkraulte. Erst nach einer Weile spürte sie ihre Muskeln, aber mit der Anstrengung kam auch endlich die Entspannung. Sie hatte ihre Augen geschlossen und bemerkte nicht den Schatten, der kurz über dem Becken aufragte.

Als ihr das Herz vor Anstrengung in der Brust hämmerte, wurden ihre Züge langsamer. Sie glitt die letzten Meter zum Beckenrand und ließ den Sauerstoff aus ihrer Lunge entweichen, ehe sie die Oberfläche durchbrach. Die Klinge, die sich direkt auf ihre Kehle richtete, sah sie beinahe nicht, und nur ihr erschrockenes Innehalten verhinderte, dass sich diese in ihren Hals bohrte.

„Hallo, Marzia. Wir haben uns lange nicht gesehen."

───────◆───────

Julien war gerade in der rechten Stimmung, sich mit Marzia Colucci auseinanderzusetzen. Der Streit mit Lamar über Fay, seine eigene Unsicherheit, was seine Gefühle für sie angingen, und die anhaltende Wut über Gabriels Tod bündelten sich zur nötigen Gewaltbereitschaft seiner Feinde gegenüber. Und Marzia Colucci war sein Feind.

Das kurze Aufblitzen von Furcht auf ihrem Gesicht ließ ihn kalt.

Reglos verharrte sie im Wasser, fasste sich aber schnell wieder.

„Julien Colombier ... ich hatte fast mit dir gerechnet", gestand sie. „Wie bist du hier hereingekommen?"

Julien wusste, dass sie ein Vermögen für diese Sicherheitsanlage ausgegeben haben musste, aber wo ein Wille war, da war bekanntlich auch ein Weg.

„Nach tausend Jahren Übung ... gibt es nichts, das mich aufhält."

Sie lächelte und tauchte unter. Julien sah ihr zu, wie sie zur Treppe am seitlichen Beckenrand schwamm, und griff sich das Handtuch. Als sie elegant aus dem Wasser stieg, trat er ihr entgegen.

„Sag mir, Marzia, warum überrascht dich mein Besuch nicht?", fragte er und enthielt ihr das Handtuch vor, als sie danach griff. „Weil du weißt, dass ich für den Mord an Gabriel Vergeltung fordern werde?"

Sie trat näher, sodass die Feuchtigkeit ihrer Haut sein Hemd benetzte, und nahm ihm das Tuch aus der Hand. Länger als nötig lehnte sie sich gegen ihn und legte ihren Kopf in den Nacken, um ihm in die Augen sehen zu können.

„Wie kommst du darauf ...", sie leckte sich bewusst langsam einen Wassertropfen von den Lippen, „... dass ich unsere friedliche Übereinkunft gefährden würde?"

Julien trat zurück und sah ihr zu, wie sie sich Hals und Dekolleté abtupfte. Sie war eine schöne Frau, die es gewohnt war, ihr Reize als Werkzeug einzusetzen.

Allerdings konnte auch ihr schönes Antlitz nicht über die gierige Kälte ihrer Seele hinwegtäuschen.

„Willst du sagen, der Wanderer steht nicht auf deiner Gehaltsliste?"

Sie wandte sich ab, und für einen kurzen Moment, ehe sie das Handtuch um ihren Körper schlang, offenbarte sie Julien die tiefen Narben, die ihren Rücken überzogen. Ein Anblick, den man in der heutigen Zeit nicht mehr oft zu Gesicht bekam.

„Als würde ich all die Schmeißfliegen kennen, die für mich die Drecksarbeit erledigen", gab sie kalt zurück.

Wütend riss Julien sie zu sich herum und packte sie an der Kehle.

„Ich hätte dich ertränken sollen!", knurrte er und drückte zu. „Vor hundert Jahren, Marzia, haben wir dich verschont, obwohl du es nicht verdient hattest! Noch einmal … werden wir das nicht!"

Sie riss sich los.

„Ich habe nichts zu tun mit dem Wanderer! Du kennst meine Geschichte, Julien! Er ist mein Feind, ebenso wie der eure."

Julien wusste nicht, ob er ihr glauben sollte. Obwohl ihm normale Menschen kaum noch etwas vormachen konnten, gelang es ihm nicht, Marzia zu durchschauen. Wie er hatte sie Jahrhunderte Zeit gehabt, zu lernen, wie man Gefühle verbarg.

„Falls du von unserem *Freund* hörst … und ich nehme an, das wirst du, denn er ist hier in Rom … wirst du es mich wissen lassen!", befahl er eindringlich und hielt sie fest. Er schob ihr das Handtuch von der Schulter und fuhr sacht mit der flachen Hand eine der Narben auf ihrem Rücken nach. Sie zog sich von der Schulter einmal quer über den Rücken, bis hinunter zum Po und den

Oberschenkel. Die Peitsche hatte ein tiefes Zeichen der Demütigung auf ihrer seidigen Haut hinterlassen.

„Du wirst es mich wissen lassen, oder … oder ich sehe mich gezwungen, eine Allianz mit ihm einzugehen."

Er drehte sie zu sich um und fasste sie grob am Kinn.

„Was meinst du, Marzia? Was könnte ich ihm geben, um … um mich seiner *Freundschaft* zu versichern?"

Er lächelte. Obwohl sich die Frau in seiner Gewalt Mühe gab, es zu verbergen, spürte er das Grauen, welches sie packte.

„Ich vermute, dir wird etwas einfallen!", spie sie ihm entgegen.

„Das ist es schon", versicherte er ihr und schob sie von sich.

———————◆·———————

Marzia sah Juliens Schatten nach, der mit dem Dunkel der Büsche verschmolz, ehe sie zitternd die Treppe hochrannte. Sie zerrte die Waffe aus dem Holster und presste sie an ihr wild schlagendes Herz.

„Elender Bastard!", fluchte sie und stellte verwundert fest, dass nach wie vor alle Überwachungslämpchen grün leuchteten. Es war ein Fehler gewesen, sich zu sicher zu fühlen!

Ihr Rücken brannte, dort, wo Juliens Finger sie berührt hatten, als hätte er ihr diese unvergänglichen Striemen beigebracht.

Das Geräusch reißenden Fleisches unter dem Hieb der neunschwänzigen Peitsche war beinahe so grausam gewesen wie der Schlag an sich. Marzia hatte sich auf den Marmor übergeben, während sie wimmernd auf den nächsten Hieb gewartet hatte.

Aber der war ausgeblieben.

„Haltet ein!", ging der Fremde dazwischen und entwand Neros wütenden Händen die Geißel.

„Wie könnt Ihr es wagen? Dieses Weib muss bestraft werden! Sie hat ihren Herrscher belauscht! Unter diesem Sklavenkittel verbirgt sich ein Spion meiner Feinde!", rief der erzürnte Kaiser. Aber die eisige Ruhe, die ihm der Fremde entgegenbrachte, verunsicherte selbst einen Mann wie ihn.

Marzia wagte es nicht, ihren Blick zu heben oder sich zu rühren. Sie hätte es auch nicht gekonnt, denn sie glaubte, ihr Rücken sei in Trümmer geschlagen. Sie wollte fliehen, als sie die Augen der Männer auf sich spürte, aber ihr Geist schien von ihrem Körper losgelöst, keinerlei Macht über diesen zu besitzen.

Mit dem Griff der Peitsche drehte ihr Retter ihr Gesicht, sodass sie seinem Blick begegnete.

„Ihr missversteht mich, wenn Ihr denkt, ich wollte Euch aufhalten", versicherte er dem Kaiser, und sein eisiges Lächeln ließ Marzia das Blut in den Adern gefrieren.

„Nur geht Ihr dabei vor wie ein Stümper."

Er riss Marzia die in Fetzen hängende Tunika vom Leib und deutete auf den blutigen Rücken, ehe er sich breitbeinig neben ihr aufbaute. Er ließ die metallenen Kugeln der Peitsche in seiner Handfläche klackern und bedeutete Nero, näherzutreten.

„Seht hier. Eure Hiebe sind kurz und tief … was ohne Zweifel seinen Sinn der Bestrafung erfüllt, nur wird sie Euch tagelang als Arbeitskraft ausfallen."

Er hob den Arm und ließ die Peitsche kräftig auf Marzias geschundenen Leib niederfahren. Ein blutiger Striemen vom Nacken bis zu ihren Schenkeln war das Ergebnis seiner Bemühungen. Marzia schrie ihre Qual hinaus.

„Seht Ihr den Unterschied?"

Wieder und wieder ließ er die Peitsche in dieser Art auf die Sklavin niederfahren, und, obwohl Marzia der Ohnmacht nahe war, spürte sie die Lust, die der Fremde bei jedem Hieb empfand.

Sein Atem erschien ihr beinahe ebenso schwer wie ihr eigener, als er endlich den Arm sinken ließ. Auch Nero schien zufrieden und kehrte zurück auf seinen Thron.

„Zurück zum Geschäft", tat er so, als hätte es diesen Zwischenfall nicht gegeben, aber der Fremde unterbrach ihn.

„Ich will sie", forderte er und deutete mit dem Griff der Peitsche auf Marzia.

Der Kaiser schien verwirrt.

„Was? Die Peitsche?"

Der Fremde grinste.

„Nun, warum nicht … aber ich dachte an die Metze."

„Was wollt ihr mit ihr? Sie ist für nichts mehr zu gebrauchen, als im Circus die Löwen zu nähren. Seht sie euch doch an!"

Der Peiniger kniete neben ihr nieder und hob ihr Gesicht an.

„Das tue ich. Und was ich sehe, weckt den Wunsch, sie auf vielerlei Weise zu gebrauchen."

Er sah Nero mit einem festen Blick an.

„Ich will sie! Gebt Ihr ordentliche Kleider und legt sie in eine Sänfte! Außerdem füllt Ihr die drei größten Truhen, die Ihr habt, mit Gold! Ich hole meinen Lohn, sobald ich die Widrigkeiten mit den Christen für Euch gelöst habe."

Damit wandte er sich ab, und Marzia lauschte den sich entfernenden Schritten, die begleitet wurden von dem Geräusch der metallenen Kugeln am Ende der Peitsche.

Das Nächste, an das sie sich erinnert hatte, war der stechende Geruch von Rauch, der Rom zu ersticken drohte. Wohin sie sah, fraßen sich Flammen durch die Straßen und sprangen von Dach zu Dach der viel zu dicht stehenden Häuser, während der giftige Qualm den Himmel apokalyptisch verdunkelte.

Ihre Augen brannten, und sie hielt sich den Zipfel der Tunika, in die man sie gehüllt hatte, vor den Mund, während die Sänftenträger sie wankend durch das Inferno schleppten.

Obwohl die heiße Luft gedroht hatte, ihr die Haut vom Knochen zu lösen, hatte es sie kalt überlaufen.

Ganz Rom war von Flammen verzehrt worden, als ließen die Götter ihrem Zorn freien Lauf, aber sie hatte gewusst … es war kein Gott, der dafür verantwortlich gewesen war.

DIE BOTSCHAFT

―――――◆―――――

ls Julien von Marzia zurückkam, wusste er im selben Moment, als er durch die Tür trat, dass etwas nicht in Ordnung war. Die Anspannung in der Küche ließ sein Herz schneller schlagen.

„Was ist los? Wo ist Fay?", fragte er, da er sie nirgendwo sehen konnte.

Alessas Mine war wie versteinert, Lamar sah wütend aus, und Cruz stand am Fuß der Treppe, die Arme wie ein Bodyguard vor seiner Brust verschränkt.

„Wir haben eine Nachricht erhalten", erklärte Lamar und deutete auf den Umschlag, der geöffnet in der Mitte des Tisches lag.

Nun stieg Julien der Geruch nach Lorbeer in die Nase, und kalte Angst fraß sich in sein Herz.

„Wo ist sie, Lamar? Wo zum Teufel ist Fay!", rief er und packte seinen Freund am Kragen.

Der sah Julien wissend an und schlug dessen Hände von sich.

„Sie ist oben und schläft", erklärte er gelassen und strich sich über den zerknitterten Stoff. „Die Botschaft hat sie sehr mitgenommen."

Julien funkelte ihn warnend an, sich jeglichen Kommentar zu ersparen. Er wusste genau, was Lamar dachte, und es ärgerte ihn, dass seine Sorge um Fay so offensichtlich war.

Er schüttete den Inhalt des Umschlags auf den Tisch und biss wütend die Zähne zusammen, als er das säuberlich gefaltete, aber blutbefleckte Leinentuch sah, das zusammen mit einem kurzen Brief herausfiel.

„Er war hier? Darf ich fragen, wo ihr zu dieser Zeit wart?"

Lamar schnaubte.

„Natürlich war er nicht hier! Ein Straßenjunge hat die Nachricht gebracht. Er hat gesagt, ein Mann habe ihn auf der Spanischen Treppe angesprochen und ihm fünfzig Euro gegeben, damit er den Umschlag hier abgibt. Aber er konnte den Mann nicht beschreiben."

Das war auch nicht nötig, denn der Umschlag und der Geruch nach Lorbeer zeigten deutlich, wer der Verfasser war.

„Chloés Blut?", fragte er, als er die wenigen Zeilen überflog.

„Wir vermuten es", antwortete Cruz.

„Er will uns treffen?", fragte Julien irritiert und las die Nachricht erneut.

„Dich", korrigierte Cruz.

„Lass dich nicht darauf ein, Julien!", flehte Alessa und packte seine Hand mit erstaunlicher Kraft. „Du weißt, dass er euch eine Falle stellt! Allein der Ort, den er gewählt hat, ist ein grausamer Schlag in unsere Richtung! Er verhöhnt euch."

Verächtlich ließ Julien die Nachricht sinken und wischte sich die Hände an der Hose ab, als könne er so das Böse, das davon ausging, loswerden.

„Keine Sorge, Alessa. Ich habe keineswegs vor, das Spiel nach seinen Regeln zu spielen", beruhigte er Gabriels Tochter und drängte sich an Cruz vorbei, die Stufen hinauf.

„Fay sollte hören, was wir besprechen."

„Warte, Juls ... du solltest wissen ...", wollte Cruz ihn aufhalten, aber Julien war schon oben.

Er trat in das Zimmer und lehnte sich gegen die Tür. Fay schlief nicht. Sie saß auf der Bettkante und weinte. Kurz sah sie auf, als sie ihn bemerkte, verbarg aber dann ihr Gesicht wieder in ihren Händen.

Julien ging zu ihr und setzte sich neben sie. Tröstend strich er ihr über den Rücken und zog sie in seinen Arm, aber sie stieß ihn sogleich von sich.

„Fass mich nicht an!", schrie sie und sprang auf. „Das ist alles deine Schuld! Oh, ich wünschte, ich wär dir nie begegnet!"

„Ich kann verstehen, Fay, dass du Angst hast, aber glaube mir, ich werde alles tun, um Chloé zu befreien. Komm mit nach unten! Wir müssen uns überlegen, wie wir gegen den Wanderer vorgehen wollen", bat er und streckte seine Hand nach ihr aus.

Er erinnerte sich nur zu gut an die letzte Nacht. Auch wenn dies nicht der richtige Moment war, hätte er sich doch ein etwas anderes Wiedersehen gewünscht. Wie gerne hätte er sie in seine Arme genommen und ihr mit seinen Küssen Trost gespendet.

„Ich soll mit dir nach unten gehen? Und mich vor Lamar lächerlich machen? Willst du ihm vorführen, wie leicht du mich um den kleinen Finger wickelst, damit dein Bett nicht kalt bleibt, Julien?"

Irritiert über Fays unverständlichen Ausbruch erhob er sich und griff nach ihrer Hand, obwohl sie versuchte, sich ihm zu entziehen.

„Was soll das, Fay? Was redest du?"

„Tu nicht so! Ich hab dich heut Morgen gehört! Jedes

verdammte Wort hab ich gehört!"

Fay riss sich los und stemmte ihre Hände in die Hüften. Die roten Locken fielen ihr wirr ins Gesicht, und Julien musste den Drang unterdrücken, ihr diese hinter die Ohren zu streichen.

„Fay, bitte ..."

„Halt die Klappe! Ich versteh schon. Und weißt du was, Julien? Es ist okay! Ich hab in meinem Leben noch jede Rechnung beglichen. Wenn die letzte Nacht also der Preis für Chloés Rettung war, dann bitte! Aber wag es nicht, mir nochmal zu nahe zu kommen!"

Ruhig, als ginge ihn Fays Gefühlsausbruch nichts an, antwortete er: „Es tut mir leid. Ich wollte dich nicht verletzen, Fay."

Er fuhr sich durchs Haar, was jedem, der ihn besser kannte, gezeigt hätte, dass er nicht so entspannt war, wie er vorgab zu sein.

„Aber was erwartest du denn, was ich Lamar sage?"

Ihre geballten Fäuste und die sich hektisch hebende Brust waren Zeichen für Fays Wut, und, obwohl sie ihn gewarnt hatte, hätte er sie am liebsten in seine Arme genommen. So aber gab er sich damit zufrieden, ihren ihm inzwischen so vertrauten Duft einzuatmen.

„Wo ich doch nicht einmal mir selbst erklären kann, was du mit mir anstellst?", flüsterte er, um Frieden bemüht.

„Dann werd dir besser schnell klar darüber, denn das Letzte, was ich brauche, ist ein Scheißkerl, der sich nur ein wenig mit mir die Zeit vertreibt!"

Sie funkelte ihn böse an. „Können wir uns nun den wirklich wichtigen Dingen zuwenden, oder müssen wir weiter diese *Sache* zwischen uns breittreten?"

Julien gab sich geschlagen, denn es war wirklich wichtiger, Chloé zu retten, als sein verworrenes

Gefühlsleben zu ergründen.

„Sicher, Fay. Ganz, wie du willst."

Er würde später einen Weg finden, sich mit ihr auszusöhnen. Auch wenn er bedauerte, wie es nun zwischen ihnen stand, war es vielleicht ganz gut, um konzentriert das eigentliche Problem zu lösen.

„Lamar sagt, die Nachricht hat dich sehr mitgenommen?"

Fay lehnte am Fensterbrett, und Julien konnte im Halbdunkel des Raumes ihr Gesicht kaum mehr erkennen. Er wünschte, sie käme näher.

„Im ersten Moment ja", gestand sie. „Aber jetzt geht es mir besser. Es muss ja überhaupt nicht Chloés Blut sein, oder? Es könnte auch von einem Tier stammen!"

Julien glaubte nicht, dass der Wanderer leere Drohungen machte, aber das wollte er Fay besser nicht sagen.

„Er will sich mit uns beiden treffen", sprach er an, was ihm viel größere Kopfschmerzen bereitete. Es behagte ihm überhaupt nicht, den Kerl noch einmal an Fay heranzulassen.

„Was hat er vor, Julien? Was will dieser Psycho von mir?"

„Nichts. Er will mich durch dich und deine Schwester treffen."

Fay kam um das Bett und setzte sich neben ihn. Juliens Herz schlug schnell. Ihre Nähe ließ ihn wünschen, einfach aufstehen zu können, und seine Verantwortung, seine Aufgabe und seine Unsterblichkeit zurückzulassen, um mit Fay davonzugehen. Doch das war nicht möglich! Und wenn er wollte, dass dieser wunderschönen, leidenschaftlichen Frau nichts geschah, musste er den Wanderer vernichten, sobald sich die Gelegenheit dazu bot.

„Ist es das, was Cruz meint, wenn er sagt, es sei

gefährlich, Gefühle für dich zu entwickeln?"

Ihre braunen Augen glänzten im schwachen Mondlicht, welches durch die Lamellen des Fensterladens hereinfiel, wie dunkle Seen, und die wenigen Zentimeter, die ihn und Fay trennten, erschienen Julien wie eine endlose Wüste, die ihn von einem rettenden Gewässer trennte.

„Wann hast du denn mit Cruz gesprochen?"

Fay zuckte die Schultern.

„Alessa war dabei, mir etwas darüber zu erzählen, dass Gabriels schwangere Freundin entführt worden war, als Cruz dazukam. Er sagt, Frauen, die sich in eurer Nähe aufhalten, leben gefährlich."

Die Erwähnung von Gabriel und Elisabetta schlug ein dunkles Kapitel in Juliens Leben auf. Bilder, die er bewusst lange verdrängt hatte, erschienen vor seinem geistigen Auge, und er fasste nach Fays Hand, um sich zu vergewissern, dass sie wirklich war – und die Bilder nur eine Erinnerung.

„Was ist mit ihr geschehen, Julien? Kannst du es mir sagen?"

Julien sah sie an, und er wusste, sie musste den Schmerz in seinen Augen sehen.

„Ich denke nicht, dass du das wissen willst."

„Ist es so schlimm?", fragte sie sanft und streichelte seine Finger.

Es fiel ihm so schwer, weiterzusprechen, denn Julien erkannte, dass er dabei war, Gabriels Fehler zu wiederholen. Er war dabei, sich zu verlieben. Und das machte ihm Angst.

„Nein, Fay. Es war schlimmer!"

Seine Kehle schmerzte vor Kummer.

„Elisabetta war spurlos verschwunden. Viele Wochen lang. Dann kam die Nachricht."

Julien sah Fay an und räusperte sich, um seine Kehle zu

entspannen.

„Die Nachricht von heute erinnert mich stark an die Botschaft von damals. Wir sollten zum *Bocca della Verità* kommen – genau, wie es nun der Wanderer von uns verlangt."

Fay runzelte die Stirn.

„Was ist das *Bocca della … Veri*-Dings?"

„Der", verbesserte Julien. „Der *Mund der Wahrheit* ist eine bekannte Sehenswürdigkeit in der Kirche *Santa Maria in Cosmedin.*"

„Schon wieder die *Wahrheit*? Was hat es damit auf sich?", fragte sie und rutschte weiter aufs Bett, um es sich im Schneidersitz bequem zu machen.

Julien atmete tief durch. In der Vergangenheit zu graben, fiel ihm schwerer, als gedacht.

„Der Mund der Wahrheit war einst ein kunstvoller Schachtdeckel der *Cloaca Maxima,* den das Abbild einer Flussgottheit ziert. Er trägt den Namen aus mehreren Gründen. Zum einen wird behauptet, er habe die Wahrheit über den großen Brand Roms unter Nero geschluckt – ich erzähle dir später mehr darüber. Zum anderen wurde irgendwann, nachdem man den Abwasserkanal an dieser Stelle versiegelt hatte, der Schachtdeckel zum Symbol der Wahrheit und Werkzeug der Gerichtsbarkeit zur Verurteilung von Lügnern. Wer der Lüge verdächtigt wurde, musste seine Hand in den Mund des Marmorreliefs legen. Zog er die Hand unbeschadet wieder heraus, war er von der Lüge freigesprochen. Lügnern biss der Mund aber die Hand ab."

Julien zwinkerte.

„Was natürlich Unsinn ist. Ein Richter mit Schwert, der sich auf der anderen Seite der Steinplatte befand, vollstreckte das Urteil und schlug dem Verurteilten die

Hand ab."

„Das ist ja furchtbar!"

Fay schüttelte sich und rieb sich über die Gänsehaut an ihren Armen.

„Warum will der Wanderer, dass wir ihn dort treffen?"

Julien zögerte.

„Ich denke, es hat mit Elisabetta zu tun – und damit, uns zu zeigen, wie mächtig unsere Feinde sind."

Fay sah Julien fragend an.

„Als wir den *Bocca della Verità* erreichten, fanden wir Elisabetta. Sie lag am Boden – aber uns war nicht sofort klar, was man ihr angetan hatte. Gabriel eilte zu ihr und küsste sie, bettete ihren Kopf auf seinen Knien. Aber es war Arjen, der das Blut sah, das die Kutte tränkte, die sie trug."

Julien stockte und schüttelte den Kopf. Er sah die grausamen Bilder so deutlich vor sich, als wäre es erst gestern gewesen.

„Er hob den Stoff an … und es war furchtbar, den blutigen Stumpf zu sehen, der einst ihr Arm gewesen war. Dem vielen Blut nach zu urteilen, in dem sie lag, standen ihre Chancen auf Rettung schlecht. Wir versuchten, die Blutung zu stillen, und tatsächlich kam sie zu Bewusstsein. Sie weinte und klammerte sich an Gabriel, bat ihn um Vergebung. Es war schlimm für uns alle, ihre Beichte anzuhören."

Die Erinnerung an damals tobte wie ein Feuer in Julien.

„Was hat sie getan?"

„Sie hat Gabriel ihre Lügen gestanden. Erklärt, dass man uns mit dem vermeintlichen Tunnelunglück eine Falle gestellt hatte. Und wir waren darauf hereingefallen, indem wir versucht hatten, dem auf den Grund zu gehen. Eine Frau, die das heimliche Haupt der katholischen Kirche sei, habe dieses Gerücht gestreut, um uns, die Hüter, nach Rom zu locken. Und ihr, Elisabetta, habe sie Geld geboten, einen von ihnen zu verführen und schwanger zu werden. Sie flehte Gabriel an, ihr zu verzeihen, aber der Verrat der Frau, für die er beinahe seine Bestimmung aufgegeben hätte, traf ihn zu hart."

Fay sah den Schmerz in Juliens Gesicht. Obwohl sie noch immer böse auf ihn war wegen der Dinge, die er zu Lamar gesagt hatte, strich sie ihm liebevoll die Haarsträhne aus der Stirn.

„Es ist zu grausam! Hatte man ihr also den Arm abgehackt, weil sie eine Lügnerin war? Was war mit ihrem Baby? Ist es gestorben?", fragte sie erschüttert, aber Julien schüttelte den Kopf.

„Der Arm ist der Preis, den Lügner zahlen. Eine deutliche Botschaft, nicht wahr? Ihre Auftraggeber hatten sie anscheinend verurteilt. Aber das Kind ist nicht gestorben. Es ist Alessa! Sie ist durch Gabriels Liebe zu dieser Frau entstanden, die nie auch nur einen Funken Zuneigung für ihn empfunden hatte, sondern für die das alles nur ein Geschäft gewesen war."

„Alessa? Das ist nicht möglich. Sie hat gesagt, Gabriel lernte Elisabetta 1896 kennen. Das war vor über hundert Jahren!"

Julien lächelte und hauchte einen Kuss auf Fays Hände.

„Alessa ist einhundertsiebzehn Jahre alt."

Ungläubig schüttelte Fay den Kopf.

„Heilige Scheiße! Hundertsiebzehn? Sie sieht aus … wie achtzig!"

„Ja, sie altert etwas langsamer als normale Menschen, trägt aber Gabriels Unsterblichkeit nicht in sich."

„Hattet ihr das denn erwartet? Dass sein Kind ebenfalls unsterblich wäre?"

Julien zuckte mit den Schultern.

„Nein, eher nicht, denn wir altern ja nicht. Ein Kind, das geboren wird und nicht altern würde … nun, wir hielten es für unwahrscheinlich, aber wir hatten ja auch keine Ahnung von Alessas Fähigkeiten. Auch Elisabetta hatte davon wohl nichts gewusst, denn sie bat Gabriel mit einem ihrer letzten Atemzüge, ihre Tochter zu retten, die sich in den Händen der Kirche befinde."

„Elisabetta ist gestorben?", fragte Fay und empfand Mitleid mit der Frau, die für Geld alles verloren hatte.

Da sie selbst gezwungen war, ihren Lebensunterhalt dadurch zu verdienen, sich vor wildfremden Kerlen auszuziehen, fragte sie sich, in welcher Not sich die Italienerin befunden haben musste, um so etwas zu tun.

Julien antwortete nicht direkt, sondern erzählte weiter.

„Sie hat Gabriel versichert, dass sie nur am Anfang so getan habe, als sei sie in ihn verliebt, dann aber wirklich Gefühle entwickelt habe. Als man sie entführte, wollte sie angeblich aus dem Geschäft aussteigen. Sie flehte ihn an, sie nicht sterben zu lassen. Sie bettelte um Rettung."

Julien rieb sich übers Gesicht. Das Kratzen seiner Bartstoppeln klang in der Stille, die auf seine Worte folgte, unnatürlich laut.

„Wir hätten sie mit dem Elixier retten können, Fay, aber wir taten es nicht. Gabriel hat nie mit jemandem von uns darüber gesprochen, was ihm an diesem Tag durch den Kopf gegangen war, aber wir alle standen um die beiden herum, hörten ihre Beichte und ihr Flehen und sahen Gabriels Schmerz, als er sie ein letztes Mal küsste. Dann wischte er seine Tränen fort und erhob sich. Sie rief ihm hinterher, aber er ging ohne ein Wort davon."

Juliens Blick war nach innen gekehrt, als durchlebte er noch einmal den grauenvollen Tag.

„Ich folgte ihm, aber er wollte alleine sein. Er bat mich aufzupassen, dass sie in Frieden sterben könnte."

Julien lachte bitter.

„Ich hätte sie am liebsten für ihren Verrat höchstpersönlich in die Hölle geschickt, aber er ... er hat sie trotz allem geliebt. Also blieb ich ... bis es vorüber war."

Fay schwieg. Die Traurigkeit, die sie schon ihr Leben lang begleitete, drohte sie zu ersticken. Warum war nur immer alles so ... beschissen? Warum lastete das Schicksal selbst den Menschen, denen sie begegnete, Bürden auf, die jedes Glück zwangsläufig zerstören mussten?

„Wenn du also Lamar versicherst ...", flüsterte sie nach einer Weile, „... du wärst nicht Gabriel, meinst du dann, dass du dich nicht verlieben wirst?"

Julien sah ihr fest in die Augen. Sein Blick verriet Bedauern, aber auch Entschlossenheit, und Fay wusste, auch er las ihre Gefühle für ihn.

„Wie sollte ich verhindern können, mich zu verlieben, Fay ..."

Er fasste sie zärtlich im Nacken und zog sie sanft zu sich heran. „... wenn *du* mir gegenübersitzt?"

Seine Lippen strichen über ihre, und Fay öffnete sich seinem zarten Kuss.

„Es ist ... unmöglich ... aber ich muss es versuchen, um niemanden zu verletzen, Fay", wisperte er gegen ihre Lippen.

„Dann versuch es", gab sie zurück und erwiderte seinen Kuss. Sie wusste, er hatte recht. Sie wusste, sich mit ihm einzulassen, konnte ihr das Herz brechen, aber noch nie in ihrem Leben hatte sie etwas nur deshalb getan, weil es sie glücklich machte. Noch nie – bis jetzt.

Ohne ihren Kuss zu unterbrechen, glitt sie auf seinen Schoß und fuhr ihm durchs Haar im Nacken. Seine Hände lagen wie bei ihrem ersten Treffen in Paris scheu auf ihrer Hüfte, und sie spürte seine Zurückhaltung, obwohl seine Lippen hungrig auf ihren lagen.

Konnte sie das Schicksal herausfordern und sich vielleicht doch ein kleines Stück vom Glück greifen? Nie war sie einer Antwort auf diese Frage so nahe gewesen wie jetzt.

„Liebe mich, Julien", flüsterte Fay, als sie den Kuss unterbrach, um ihr Shirt auszuziehen. Er schmunzelte. Langsam fuhr er über ihre nackten Brüste, und sie fühlte die Hitze, die sich in ihr ausbreitete.

„Warum machst du es uns so schwer, Fay?", fragte er heiser und saugte ihre harte Knospe in seinen Mund. Seine Bartstoppeln auf ihrer zarten Haut ließen Schauer der Erregung ihren Körper durchrieseln, und sie spürte die Feuchtigkeit zwischen ihren Schenkeln.

Sie öffnete die Knöpfe an seiner Hose und umfasste sein Glied.

„Es ist nicht schwer … sondern ganz einfach, Julien. Soll ich es dir zeigen?"

ES TUT NICHT WEH

Chloé kam sich absolut lächerlich vor. Sie trug ein schwarzes, bodenlanges Kleid aus Seidenchiffon von Roberto Cavalli. Das ärmellose Kleid war zwischen ihren Brüsten tief ausgeschnitten, und sie fürchtete bei jeder Bewegung, es würde verrutschen. Noch dazu war sie sich leider allzu deutlich der Tatsache bewusst, dass sie keine Unterwäsche trug. Während sie in der Badewanne gesessen hatte, war das seltsame Zimmermädchen hereingekommen und hatte ihre Kleider gegen das hier getauscht.

Unter anderen Umständen hätte Chloé dieses Kleid sicher für den absoluten Wahnsinn gehalten, aber so fühlte sie sich darin wie ein gefärbter Pudel – der schonungslosen Willkür ihres *Herrn* ausgeliefert. Die glänzende Stickerei, die von den Schultern bis in Höhe der Oberschenkel reichte, lenkte den Blick leider viel zu deutlich auf ihre flachen Brüste, die dem Kleid nicht den nötigen Halt gaben. So saß sie seit Stunden mit verschränkten Armen da und wartete.

Wartete darauf, dass irgendetwas passierte. Zur Untätigkeit verdammt zu sein und nicht zu wissen, wie es weitergehen würde, rieb mit jeder weiteren Minute ihre Nerven noch weiter auf. Irgendwann wünschte sie beinahe, der Wanderer käme zurück, nur um dieses endlose Warten zu beenden.

Sie war müde und wollte schlafen, wagte es aber nicht, sich einfach hinzulegen. Was, wenn er sie im Schlaf überfiel?

Als sich schließlich die Tür öffnete und ihr Entführer in den Raum trat, war sie beinahe erleichtert. Sein Blick war gierig und sein Lächeln kalt, als er sie musterte.

Anders als sonst trug er diesmal nicht seine merkwürdige Lederkluft, sondern nur eine eng sitzende Lederhose und eine Weste aus Pelz über seiner nackten Brust. Chloé sah keine Waffe, aber das musste ja nicht bedeuten, dass er keine bei sich hatte.

„Du siehst ... teuer aus", stellte er fest und kam näher. Er reichte ihr die Hand und zog sie auf die Beine. Langsam ging er um sie herum, seine Hand strich über ihren Bauch, ihre Taille und ihren Rücken, bis er wieder vor ihr stand.

„Was soll das? Wo sind meine Sachen?"

„Die brauchst du nicht mehr. Ich habe dir gesagt, ich erfülle dir jeden Wunsch, wenn du tust, was ich verlange."

„Dann will ich meine Sachen zurück!"

Sie wagte es nicht, sich ihm zu entwinden, und verfluchte schon wieder diesen unanständig tiefen Ausschnitt, der ihre hämmernden Herzschläge erahnen ließ.

Seine Augen glitzerten amüsiert, und seine Hand wanderte weiter auf ihren Hintern.

„Du wirst sie nicht mehr brauchen, Chloé", hauchte er und zog sie an sich.

Sie versteifte sich und versuchte, ihr Zittern zu unterdrücken. Ihre Lunge pfiff leise, aber Chloé hatte ihre Atmung heute unter Kontrolle.

„Was willst du?", fragte sie, ehe ihre Fantasie wieder Bilder des Grauens entstehen ließ.

„Tanzen."

Als hätte jemand auf dieses Stichwort gewartet, erklang

Musik aus Lautsprechern an der Decke. Klassische Musik, die Chloé eine Gänsehaut bereitete.

„Tanzen? Warum?"

Er lachte und knöpfte langsam seine Weste auf, ohne sie dabei aus den Augen zu lassen. Sein Blick wanderte hinunter zu ihren bloßen Füßen und weiter zu dem teuren Paar Schuhe, das unangetastet neben dem Bett stand. Schwarze Peeptoes aus Spitze mit grazilem Absatz. Chloé hatte sie nicht angezogen. Sie wollte, sollte es nötig sein, schnell vor ihm fliehen können und sich nicht auf diesen Absätzen die Beine brechen.

Ohne Eile legte er die Weste ab und schlüpfte ebenfalls aus seinen Schuhen, ehe er zu ihr zurückkam.

Er griff ihre verletzte Hand und hob sie an seine Lippen. Mit einem Lächeln ließ er seine Zunge wieder über die dünne Blutkruste gleiten.

„Warum nicht? Es tut nicht weh."

Seine Hand lag zwischen ihren Schulterblättern, und er schob seinen Schenkel zwischen ihre Beine. Sein erster Tanzschritt brachte sie aus dem Gleichgewicht, und so klammerte sie sich an seine Arme, um nicht zu fallen.

„Weil ich nicht tanzen kann!", stellte sie fest, und versuchte, sich zu befreien, aber er schob sie einfach weiter durch den Raum, drehte sich mit ihr und führte sie ganz nach seinem Belieben.

„Alles, was du nicht kannst, Chloé … kann ich dir beibringen", hauchte er in ihr Ohr. Seine Zunge glitt kurz über ihren Hals, eher er sie in einer Drehung von sich schob.

„Du siehst heute wunderschön aus, weißt du das?", gestand er, und sein bewundernder Blick glitt über die dunklen Würgemale, die er gestern auf ihrem Hals hinterlassen hatte.

Chloé fühlte sich nackt unter seinem gierigen Blick, und sie wünschte, er würde ihr verraten, was er vorhatte. Sie glaubte keinen Moment, dass er nur tanzen wollte, besonders, da sie ihm bei jedem Schritt auf die Füße trat.

Mit jedem Takt wuchs ihre Angst, und das wiederum schien ihrem Peiniger zu gefallen. Sie spürte die Wölbung in seiner Hose, wann immer er sie an sich zog.

„Du hast heute an mich gedacht", flüsterte er und sah ihr tief in die Augen. „In der Wanne. Nicht wahr, Chloé? Da hast du an mich gedacht."

Sie fühlte sich ertappt. Und zugleich fragte sie sich, ob er sie beobachtet hatte.

„An was sollte ich wohl sonst denken? Ich bin hier eingesperrt und …"

„Hast du dir vorgestellt, wie ich dich ficke?"

Seine Hand auf ihrem Rücken wanderte tiefer, fasste sie knapp über ihrem Po und presste sie hart gegen seinen Schritt, während er unbeirrt weitertanzte.

„Hast du es dir vorgestellt, Chloé? Wie ich deine Schenkel spreize und dich nehme?"

„Nein, das habe ich nicht!", rief Chloé und wollte sich losreißen, aber sein unnachgiebiger Griff lockerte sich keinen Millimeter.

Er lachte und presste seine Lippen auf ihren Mund.

„Tust du es jetzt?"

„Nein!", behauptete sie und versuchte die Bilder, die er wachrief, zu verdrängen.

Im Tanz war er mit ihr bis an die große Balkontür gekommen, und nun drückte er sie gegen das kalte Glas. Er hob ihr die Hände über den Kopf, und sein Becken drängte hart gegen ihres. Sie war gefangen zwischen der Scheibe und seinem Körper und konnte nicht sagen, was davon unnachgiebiger war.

„Würde ich dich ficken wollen, würde ich dir zuerst dieses Kleid vom Leib reißen. Vielleicht würde ich deine kleinen Titten kneten."

Er schob seine freie Hand in ihren Ausschnitt und tat genau das. Chloé wand sich, aber er lachte nur, als er spürte, wie ihr Körper unwillkürlich auf seine Berührung reagierte.

Kurzerhand drehte er sie um, sodass sich ihr Busen gegen die Scheibe presste, und schob ihr das Kleid von den Schultern. Der schimmernde Stoff rutschte zu Boden.

Seine Brust drückte sich gegen ihren Rücken, und Chloé schluchzte. Er leckte ihren Nacken und hielt sie an ihren Locken fest, während er seine Hand von hinten zwischen ihre Beine schob.

Er tat nichts, aber Chloé spürte seine Finger an ihrer empfindlichsten Stelle.

Sie wimmerte, und er biss ihr leicht ins Ohr, ohne jedoch seine Hand zurückzuziehen.

„Du hast mich Arschloch genannt, süße Chloé", flüsterte er ihr mit eisigem Atem ins Ohr. „Wäre ich ein Arschloch, dann würde ich dich jetzt hier an der Scheibe nehmen – und ganz Rom könnte uns dabei zusehen."

Seine Finger verharrten still an der Innenseite ihrer Schenkel, und, obwohl er sich verweigerte, sie weiter zu bedrängen, fühlte sie seinen Triumph, denn ihre Feuchtigkeit, die ihm auf die Hand lief, zeigte ihm, dass sein Spiel auch sie erregte. Mit diesem Wissen drehte er sie zu sich um.

„Aber ich bin dein Geliebter, der nur kommt, um mit dir zu tanzen, nicht wahr? Hilf mir auf die Sprünge, Chloé: Wer bin ich? Sag es mir!"

„Du bist mein Geliebter!", keuchte sie unter Tränen, und er lächelte kalt.

„Dann küss mich, ehe ich gehe."

Er wartete, bis sie ihm widerwillig ihre Lippen entgegenhob, ehe er sie wie zuvor in den Arm nahm und mit ihr durch den Raum tanzte. Sie war nackt und fühlte sich verletzlich. Sie wollte sich wehren, als er seine Zunge tief in ihren Mund schob, aber seine warnende Hand auf ihrem Rücken hielten sie davon ab.

Sie spürte die Reibung seiner Hose an ihrer Scham und fragte sich verwundert, warum er sich diese Zurückhaltung auferlegte. Seine Augen hingen hungrig an ihren Brustwarzen, und sein harter Schwanz machte es nicht schwer, seine Gedanken zu lesen. Er wollte sie.

Er beendete den Tanz und hielt sie fest.

„Bis morgen, Chloé", murmelte er und ritzte mit dem Fingernagel fest über den Schnitt an ihrer Hand, bis frisches Blut austrat. Wieder leckte er es ab, und sein Blick war verklärt, als er sie ansah.

„Irgendwann muss ich wissen, ob du überall so süß schmeckst. Und wer weiß … vielleicht würde dir das ja gefallen?"

Bocca della Verità

———◆———

Als Julien auch an diesem Morgen wieder aus Fays Zimmer kam, sagte niemand mehr etwas dazu, aber die mürrischen Blicke seiner Brüder zeigten ihm dennoch ihr Missfallen.

„Hast du dir schon überlegt, was wir nun mit dem Wanderer machen, oder warst du zu beschäftigt …"

Mit einer Handbewegung schnitt Julien Lamar das Wort ab.

„Im Gegensatz zu dir kann ich zwei Dinge auf einmal tun, darum habe ich zumindest eine Idee. Nur wundert es mich, dass er uns während des Tages treffen will. Der Platz vor der Kirche *Santa Maria in Cosmedin* ist ein wichtiger Verkehrsknotenpunkt, und es wimmelt dort von Touristen."

„Heute nicht", widersprach Cruz. „Ich war schon sehr früh heute Morgen dort, um nach einem guten Versteck für Lamar und mich zu sehen. Nach Gabriels Tod werde ich euch keinesfalls allein gehen lassen."

„Was meinst du mit *heute nicht?*", hakte Julien nach, und auch Lamar horchte auf.

„Anscheinend gab es eine Terrorwarnung oder eine Bombendrohung, die seitens der Stadt sehr ernst genommen wird. Große Teile des *Palatino* sind bis ein ganzes Stück südlich des *Circo Massimo* gesperrt.

Hundestaffeln der Polizei durchkämmen das historische Gelände", berichtete er. „Ihr wisst, was das bedeutet, oder?"

Julien biss die Zähne zusammen und unterdrückte einen Fluch, als Fay die Treppe herunterkam. Ihr Haar war noch feucht von der Dusche. Er wünschte nicht zum ersten Mal, er hätte sie in Paris zurückgelassen.

„Was bedeutet das?", fragte sie und griff sich ihre Zigaretten.

„Es bedeutet, dass der Wanderer nichts dem Zufall überlässt. Er ist vorbereitet."

„Aber wie sollen wir zum Mund der Wahrheit gelangen, wenn alles abgesperrt ist?"

„Wir versuchen unser Glück über die *Ponte Palatino*. Die Brücke liegt übrigens ganz in der Nähe eines Tempels, der dem Gott Apollon gewidmet war."

„Und? Was hat das mit dem Wanderer zu tun?", fragte Fay verwirrt.

„Vermutlich nichts, aber schon des Öfteren fiel der Name Apollon im Zusammenhang mit dem Wanderer, sodass manche nicht mehr an einen Zufall glauben."

„Ihr glaubt also, er will uns genau dort haben?"

„Ja, das fürchte ich", gestand Julien und fasste sich an die Lederstulpen, die unter dem Hemd, das er trug, nicht zu sehen waren. Aber, auch wenn der Wanderer sie zu sehen bekäme, würde er nicht ahnen, dass sie den Stahl der Klingen am Ende in Rubinstaub gehärtet hatten.

„Lamar! Gib Fay einen Dolch. Ich will, dass sie sich verteidigen kann", verlangte er.

„Sie wird sich eher selbst damit verletzen", warnte Lamar, erntete dafür von Julien einen bösen Blick. Ungeduldig riss dieser ihm die Waffe aus der Hand.

Julien sah Fay tief in die Augen und beschwor sie:

„Wenn er dir zu nahe kommt ... zögere nicht! Schon eine kleine Wunde wird ihn vernichten, also hab keine Angst."

Fay war nach den beinahe zwei Tagen in Alessas finsterer Wohnung von der Mittagssonne wie geblendet. Ihr war heiß, und sie schwitzte, als sie sich vom Stadtteil Trastevere dem Tiber näherten, um dort, wie Julien vorgeschlagen hatte, den Fluss zu überqueren.

Cruz wartete auf der anderen Seite im Wagen, und Lamar wollte eine Brücke weiter südlich bis hinter den *Circo Massimo* gelangen, um sich von dort unauffällig zu nähern.

Die Sirenen der Polizeiwagen klangen mal nah, dann wieder weiter entfernt, und Fay fragte sich, wie es ihnen gelingen sollte, den Mund der Wahrheit zu erreichen. Vor der Brücke stand ihnen die erste Polizeiabsperrung im Weg, aber es war kein Problem, das einfache Straßenschild zu ignorieren.

„Der Bereich ist zu groß, als dass sie ihn überall effektiv abriegeln könnten. Ich rechne am *Colosseum* mit der größten Polizeidichte", erklärte Julien und führte sie über die Brücke.

„Hast du Angst?", fragte er, und Fay fühlte sich gleich besser, als er ihre Hand ergriff.

Hatte sie Angst? Natürlich! Alles, was sie bisher in Rom erfahren hatte, war dazu gemacht, die größte Angst ihres Lebens zu wecken. Ermordete Frauen, eine entführte Schwester und ein unsterblicher Psychopath, der sogar halb Rom in Angst und Schrecken versetzen konnte.

Trotzdem verspürte sie in Juliens Nähe eine Sicherheit, wie nie zuvor in ihrem Leben. Ihr kam es fast vor, als hätte sie mit ihrer Abreise aus Paris ihr ganzes furchtbares Leben hinter sich gelassen. Sie hätte sich Sorgen machen müssen. Sorgen um ihre kleine Wohnung über der Reinigung und über ihren beschissenen Job, den sie nun aufgrund ihrer Abwesenheit sicher verlieren würde. Wenn es ihnen gelingen sollte, Chloé zu befreien, dann stünden sie vor den Trümmern ihres Lebens. Sie müssten wieder bei null anfangen!

Aber irgendwie gelang es ihr, das als unwichtig abzutun, sobald sie Juliens Blick auf sich ruhen spürte. Nie hatte sie sich einem Menschen mehr verbunden gefühlt, und sie wollte nicht glauben, dass die Sache zwischen ihm und ihr nicht etwas Besonderes war. Sie wollte dieses Gefühl der erwachenden Liebe festhalten und darin den Halt finden, der ihrem Leben so sehr fehlte.

Sie verflocht ihre Finger mit seinen und spürte die Lederstulpe unter seinem kuttenähnlichen Hemd, als ihre Arme sich berührten. Er trug – ähnlich wie Gabriel in Paris – über seiner Hose etwas, das einem altmodischen Waffenrock glich. Der breite Gurt aus Leder um seine Taille war glänzend bestickt, und in einem Schaft seines Stiefels versteckte sich ein kleines Messer mit rubinroter Schneide. Ein dunkler Ledermantel verlieh dem ganzen eine etwas unauffälligere Note. Nur sie, die ihm so nahe war, erkannte, dass er sich von anderen unterschied. Er trug seine ungewöhnliche Kleidung mit einer Selbstverständlichkeit, dass auch Fay sich schon nach wenigen Augenblicken daran gewöhnt hatte. Wenn sie an die Pfeile in Gabriels Brust zurückdachte, dann war sie sogar froh um den Schutz, den Juliens Kleidung ihm bot.

Es war unvorstellbar, dass er ein Krieger sein sollte, wo er ihr doch Stunden der Zärtlichkeit beschert hatte, die sie nie für möglich gehalten hatte. Wie konnte so ein Mann eine Waffe führen? Doch die Narben, die er am Körper trug, zeigten deutlich, dass Julien mehr war als der gut aussehende Mann, der er auf den ersten Blick zu sein schien.

„Julien?", fragte sie unsicher und blieb mitten auf der Brücke stehen. Sie griff nach seiner zweiten Hand und sah ihm in die Augen. „Julien, du hast gesagt, es wird alles gut gehen … aber wenn nicht … dann …"

„Dir wird nichts geschehen, Fay", versuchte er, sie zu beruhigen, aber sie schüttelte energisch den Kopf.

„Nein, hör mir zu! Ich weiß, du willst das nicht hören, und ich weiß, du hast deine Gründe, dich nicht ebenfalls zu öffnen, aber ich will dir das sagen, ehe … ehe wir weitergehen."

Sie suchte in seinen undurchsichtigen Augen nach Zustimmung. „Ich lie …"

„Nicht!"

Mit einem Kuss unterbrach er sie. Obwohl seine Lippen auf ihren ein Versuch waren, sie um Verzeihung zu bitten, wusste sie, dass er ihrer Liebe noch immer keine Chance gab.

Er hielt sie fest in seinen starken Armen und seine Finger gruben sich in ihre roten Locken, aber Fay hörte Bedauern in seiner Stimme, als er flüsterte: „Ich werde vielleicht gezwungen sein, Entscheidungen zu treffen, die … keine Rücksicht auf meine oder deine Gefühle erlauben, Fay. Versuch nicht, mich als etwas zu sehen, das ich nicht bin. Wir sprechen über *uns* … wenn das alles hier vorüber ist. Lass uns nun Chloé retten, ja?"

Fay war den Tränen nahe, aber sie nickte. Das Letzte, was sie wollte, war, sich lächerlich zu machen, und so schluckte sie die Enttäuschung hinunter und deutete auf die Kirche, die vor ihnen aufragte.

„Ist es dort?"

„Ja. Der *Bocca della Verità* befindet sich in der Vorhalle der Kirche. Wenn wir dort sind, möchte ich, dass du dich hinter mir hältst und versuchst, immer eine Wand in deinem Rücken zu haben."

Fay nickte stumm. Der Schweiß lief ihr den Rücken hinab, während sie auf die Kirche zugingen.

Rhododendren wuchsen zu beiden Seiten des Weges, und ein steinerner Pavillon sah wie verwunschen aus, so umrankte ihn der Efeu. Schlanke Zypressen neben rundgeschnittenen Bäumen und im Schatten wachsenden Gräsern verwandelten sich vor Fays Augen in das perfekte Versteck für Psychopathen.

Julien hielt noch immer ihre Hand, als sie schnell über die Straße rannten und die Vorhalle der Kirche betraten.

„Sind wir hier richtig?", fragte sie, und ihre Worte klangen in der Säulenhalle hohl.

Mit schnellen Schritten hatte Julien den ehemaligen Schachtdeckel erreicht und fluchte. Ein Umschlag mit einem Lorbeerzweig steckte im Mund der Flussgottheit.

„Was ist los?" Fay trat zu ihm und versuchte, zu erkennen, was er in Händen hielt.

„Eine neue Nachricht – vom Wanderer", murrte er und riss den Umschlag auf.

„Er schreibt, wir müssten den Weg der Wahrheit beschreiten, um zu ihm zu gelangen. Die blinde Frau – damit meint er sicher Alessa – könne den Schlüssel sehen, und ihrer Schwestern Wort lasse die Lippen verstummen. Hier schreibt er, unter der großen Bühne Roms könnten wir Schlag Mitternacht sein Spiel bewundern."

„Was meint er? Was bedeutet das?"

———◆———

111

Julien sah sich um. Sein Nacken kribbelte vor Anspannung, und er glaubte beinahe, das Surren todbringender Pfeile zu hören. Er hätte es wissen müssen. Nun half es wenig, dass Lamar sich irgendwo ganz in der Nähe aufhielt. Sie würden ihren Feind hier nicht treffen, denn der Brief zeigte, dass sein Spiel gerade erst begann.

Er rieb sich die Schläfen und biss die Zähne zusammen. Noch einmal überflog er die wenigen Zeilen.

„Den Weg der Wahrheit beschreiten, der zu ihm führt – das ist sicher der spärliche Versuch zu sagen, dass wir ihn nur finden, wenn wir sein Rätsel lösen."

„Ja, aber wie sollen wir das? Ich versteh nur Bahnhof, und was hat Alessa damit zutun?"

Julien ging nachdenklich auf und ab.

„Langsam, langsam. Alessa hat keine Schwestern …"

„Und sie kann auf keinen Fall sehen, also was soll der Scheiß?"

Julien griff Fays Arm und rannte aus der Vorhalle über die menschenleere Straße und den Weg zurück, den sie gekommen waren.

„Was ist? Was machst du? Nicht so schnell, Julien!" Fay presste die Hand auf ihre Wunde. Sie hatte Mühe, mit ihm Schritt zu halten, aber in diesem Spiel lief die Zeit gegen sie.

„Wir müssen zurück zu Alessa. Sie muss wissen, was der Wanderer meint! Außerdem fürchte ich um ihre Sicherheit!"

Sie rannten über die Brücke, und Julien war froh über seine Weitsicht. Eigentlich hatte Cruz Lamar begleiten wollen, aber er hatte darauf bestanden, ihn im Notfall in seiner Nähe zu wissen.

Nun sah sie der kräftigste seiner Männer kommen und erkannte sofort, dass etwas nicht stimmte. Cruz startete den Motor und fuhr ihnen bis zur Absperrung entgegen.

„Beeil dich, steig ein!", rief Julien Fay zu und drängte sich neben sie auf den Rücksitz. „Zu Alessa, schnell!"

Cruz nickte und gab Gas, sodass die Reifen quietschten und Fay hart gegen Julien geschleudert wurde, als Cruz die Kurve nahm.

„Was ist passiert?", verlangte der zu erfahren, ohne seinen Blick von der Straße zu nehmen.

„Eine weitere Nachricht! Er schreibt, die blinde Frau könne den Schlüssel sehen, der uns zu ihm führt. Was immer er meint, muss sich in Alessas Nähe befinden."

Cruz nickte und steuerte den Wagen an der nächsten Brücke über die *Ponte Garibaldi*, die sie auf die andere Tiberseite brachte. Der Weg von dort am Pantheon vorbei bis zu Alessas Häuschen war nicht weit. Aber da die Polizei den Süden Roms großflächig gesperrt hatte, herrschte Verkehrschaos.

„Verflucht! Hier ist alles dicht!", schimpfte Cruz. „Wir kommen hier nicht weiter! Ihr seid vermutlich zu Fuß schneller", schlug er vor und deutete auf die Blechlawine vor ihm, die sich nur im Schritttempo voranbewegte.

„Das dauert zu lange! Du musst wenden! Auf der anderen Seite des Flusses waren doch die Straßen frei!"

„Ich kann es versuchen!"

An der nächsten Ecke riss Cruz das Lenkrad herum, fuhr über den Gehweg und bog in eine einspurige Seitenstraße ein. Ein Fahrzeug kam ihnen entgegen und hupte, da Cruz in die falsche Richtung fuhr und es beinahe in eine Mülltonne gedrängt hatte.

Fay klammerte sich an der Rückenlehne des Beifahrersitzes fest.

Erneut donnerte der Wagen über eine Brücke, und tatsächlich herrschte auf der Uferallee der anderen Seite eine für Rom normale Verkehrsdichte. So wurden sie zwar auch hier immer wieder aufgehalten, kamen aber wenigstens etwas voran.

„Alessa verlässt seit Jahren kaum ihr Haus", überlegte Julien, während sie den Windungen des Tibers folgten. „Wo oder wie sollte sie einen Schlüssel sehen können, den der Wanderer für sein krankes Spiel braucht?"

„Bezieht sich das *Sehen* vielleicht auf ihre Gabe?", überlegte Cruz laut, ehe er einen Vespa-Fahrer durch eindringliches Hupen so erschreckte, dass dieser sofort zur Seite auswich.

„Welche Gabe?", fragte Fay.

Julien hatte Mühe, seine Gedanken auf das Rätsel zu lenken. Er wünschte, Gabriel wäre hier, denn der hatte in jeder Lage immer einen ruhigen Kopf bewahren können. Ähnlich wie Arjen. Aber Gabriel war von einem Rubinpfeil getötet worden, und Arjen war zusammen mit Louis, Cecil und der *Wahrheit* nach Irland zurückgekehrt.

Warum hatte er nicht darauf bestanden, dass ihn mehr seiner Männer begleiteten? Er fluchte laut, denn er kannte die Antwort. Seine Schuldgefühle, weil er mehr persönliches Interesse an Fay hatte, als er seinen Brüdern gegenüber hatte zugeben wollen, hatten seine Entscheidung beeinflusst. Er hatte sie zurückgeschickt, und damit sich und ihnen beweisen wollen, dass die *Wahrheit* trotz seiner Gefühle für Fay die oberste Priorität besaß.

„Julien! Welche Gabe?", riss ihn Fay aus seinen Gedanken. Er rieb sich über die harten Bartstoppeln und sah Fay an. Sie war blass, und er wünschte, er könnte ihr das alles ersparen.

„Ich habe dir erzählt, dass unsere Feinde Elisabetta das Kind abgenommen hatten. Wir wussten, dass die Kirche dabei die Fäden gezogen hatte, aber es gelang uns trotzdem nicht, das Baby zu finden. Zehn Jahre lang war Gabriel nur ein Schatten seiner selbst, denn die Ungewissheit, was mit seinem Kind geschehen war, ließ ihn nicht zur Ruhe kommen."

Julien keuchte, als Fay bei einem Überholmanöver gegen ihn schlug, und hielt sie dann fest an seiner Seite.

„Dann meldeten unsere Quellen aus Rom überraschend, dass Gabriels Tochter aufgetaucht sei. Wir waren misstrauisch, denn man hatte uns schon einmal in Rom eine Falle gestellt. Aber Gabriel bestand natürlich darauf, dem nachzugehen."

„Sprich doch schneller! Was ist dann passiert?"

„Marzia Colucci ist passiert!", murrte Cruz, als würde das alles erklären.

FLAVIUS VALERIUS CONSTANTINUS

———◆———

Marzia stand an der Klippe und sah hinab auf die herandonnernden Wasser. Über den Felsen kreisten Vögel und stießen hell ihre Schreie in die Luft. Der Geruch nach Salz lag in der Luft, und je länger sie hier stand, umso deutlicher schmeckte sie es auf ihren Lippen.

Sie sah hinüber zu ihren Wachleuten, die wie scharfe Hunde darauf zu warten schienen, ihre Zähne in warmes Fleisch zu graben. Nach Juliens Besuch in ihrem vermeintlich sicheren Anwesen wollte sie vorerst auf die Gesellschaft dieser Kerle nicht mehr verzichten.

Vielleicht hatte Paschalis ja doch recht. Vielleicht war es Zeit für einen offenen Kampf, den sie natürlich nicht vorhatte zu verlieren. Sie würde nicht zulassen, dass man ihr nahm, wofür sie ihr Leben lang gekämpft hatte. Sie würde ihre Kirche nicht untergehen lassen!

Eine Kirche, die sie einst zusammen mit Flavius über dem Totenacker neben Neros *Circo* aus dem Boden gestampft und zu unermesslicher Größe geführt hatte.

Marzia drehte ihr Gesicht in den Wind und hob die Augen der Sonne entgegen.

Ehe der Wanderer sie zu seinem unsterblichen Spielzeug gemacht hatte, hatte sie selbst der Sonne als Gottheit gehuldigt. Sol, der unbesiegbare Sonnengott, symbolisierte das, was sie als einfache Sklavin nie hatte erreichen können. Aber der Wanderer hatte ihr Wege bereitet, die sie dann auch beschreiten wollte.

Sie war jung und mit einem Mal unsterblich gewesen und hatte es von einer Sklavin zur Gespielin eines mächtigen, aber grausamen Mannes geschafft. Ihr Ehrgeiz, irgendwann selbst an Macht zu gelangen, wuchs, als sie bemerkte, dass es jemanden in Rom gab, der ihr an Machthunger und Ehrgeiz in nichts nachstand. Ein Mann, der – so hoffte sie – einflussreich genug war, den quälenden und schmerzhaften Spielen ihres *Geliebten* ein Ende zu setzen.

Als sie dann Flavius Valerius, dem späteren Kaiser Konstantin, persönlich begegnet war, hatte sie einen Plan gefasst: Sie wollte sich von ihrem Befreier lossagen und sich neben dem künftigen Kaiser an die Spitze der Bürger Roms setzen.

Kirchenglocken in der Nähe läuteten zur vollen Stunde und Marzia kniff böse die Lippen zusammen. Paschalis ließ sie warten! Das war indiskutabel!

Doch sie wollte nicht an den Kardinal denken, sondern lenkte ihre Gedanken zurück zu dem Mann, der ihre einzig wahre Liebe gewesen war.

Leise kam sein Name über ihre Lippen.

„Flavius!", wisperte sie und presste die Hände auf ihre Brust. Wie immer, wenn sie an ihn zurückdachte, wurde ihr schwer ums Herz. Niemand hatte Flavius Valerius Constantinus so gekannt, wie sie. In den Augen der Welt existierte der leidenschaftliche Mann mit den hohen Zielen nur im Gedenken seiner militärischen Erfolge als Konstantin der Große, Kaiser von Rom.

Nachdem sie ihn für würdig befunden hatte, an ihrer Seite unsterblich zu werden, ersann sie einen Plan, dies zu erreichen. Wochenlang umschmeichelte sie seine Frau, sie als seine Beischläferin für ihren Gatten zu erwählen, denn die Gute hatte aus Angst vor einen frühen Tod im Kindbett aufgehört, selbst das Lager mit ihm zu teilen.

So verschaffte sich Marzia im Bett des Mannes Gehör, der zwar schon Herrscher über Gallien und Britannien war, aber noch immer hoffte, weit mehr zu erreichen. Er strebte nach der Herrschaft über das gesamte Römische Reich, und Marzia konnte ihm helfen, seine Ziele zu erreichen.

Sie nutzten die Anfänge des christlichen Glaubens, der trotz der Verfolgung zu Neros Zeit weitere Anhänger fand, und hatten vor, Konstantin zum Abgesandten Gottes auf Erden zu machen. Alles, was sie dazu brauchten, war eine sorgsame Vorbereitung des größten Schauspiels, das die Welt je sehen würde – und die *Wahrheit*.

Die ersten Schritte stellten kein Problem dar. So behauptete Konstantin nach seiner erfolgreichen Schlacht gegen Maxentius, ein göttliches Zeichen hätte ihm den Sieg prophezeit. Als Kaiser öffnete er dann dem christlichen Glauben in Rom die Tür und verflocht seinen eigenen ursprünglichen Glauben an Sol, den Sonnengott, mit den Wurzeln des Christentums, um den Wechsel seiner Besinnung überzeugend zu vermitteln.

Dies konnte Konstantin erfolgreich für seine politischen Ziele nutzen, aber Marzias Idee, ihn mithilfe der *Wahrheit* vor den Augen der Römer von den Toten wiederauferstehen zu lassen und ihn damit zum mächtigsten Mann der Welt zu machen, stand unter keinem guten Stern.

Sie wusste zwar, wo sich der Rubin befand, dessen Inhalt sie selbst unsterblich gemacht hatte, doch in seinen Besitz zu gelangen, war nicht einfach.

Die Hinrichtung von Petrus in Neros *Circo* stellte den

Höhepunkt von Neros Christenverfolgung dar und war das Ende seines Bündnisses mit dem Wanderer. Als sie den Leichnam des Apostels neben der Arena vergruben, warfen sie ihm verächtlich die vermeintlich leere Ampulle mit ins Grab.

Marzias Hoffnung, in diesem Rubin vielleicht doch noch einen letzten Tropfen des Elixiers zu finden, weckte Konstantins Ehrgeiz, und so ließen sie unter dem Vorwand, eine Basilika zu Ehren des Apostels zu bauen, den ganzen Hügel abtragen. In Wahrheit gruben sie nach dem Rubin.

So hatten sie gemeinsam das heute größte Monument der Christenheit aus dem ehemaligen Totenacker gestampft. Eine Grabeskirche, die, vielfach erweitert und ausgebaut, zum heutigen Petersdom geworden war.

Mit Bedauern verdrängte Marzia die Tatsache, dass diese ganze Mühe umsonst gewesen war, denn der Rubin, den sie fanden, war so trocken gewesen wie die Wüste Gobi. Auch als sie ihre Suche in Jerusalem wiederholten und dort ebenfalls unter dem Vorwand, eine Grabeskirche zu errichten, nach dem Elixier gruben, scheiterten sie.

Von Marzias leeren Versprechen enttäuscht, schickte Konstantin seine einstige Mätresse zurück nach Rom, während er sich eine prachtvolle Residenz in Byzanz erschuf: Konstantinopel.

Doch Marzia war nicht untätig gewesen und hatte es geschafft, sich trotz Konstantins Zurückweisung zum heimlichen Oberhaupt der katholischen Kirche zu machen. Die Petrusbasilika, die sie und Konstantin geschaffen hatten, wurde zur größten Pilgerstätte der Welt, und das hatte ihr zu unglaublicher Macht verholfen. Macht, in einer Welt, die nach außen von Männern wie Paschalis gelenkt wurde. Aber ihre große Liebe hatte sie dennoch für immer verloren.

Die Limousine des Kardinals rollte über die staubige Straße heran, und Marzia strich sich die Haare aus dem Gesicht. Sie wusste, die Erinnerung an die Vergangenheit hatte ihr eine tiefe Sorgenfalte in die Stirn gegraben, und so strich sie sich über die Schläfen und ging dem fetten Kardinal einige Schritte entgegen.

Der schwitzte unter seiner Chorkleidung und seiner immensen Körpermasse derart, dass ihm der Schweiß in die Augenbrauen rann, als er sie begrüßte.

„Signora Colucci, verzeihen Sie meine Verspätung, aber in halb Rom sind die Straßen gesperrt. Anscheinend gab es Hinweise auf einen Terroranschlag", verteidigte er sich, ehe sie ihm einen Vorwurf machen konnte.

Marzia tat es mit einer Handbewegung ab, und, wie bei ihrer letzten Begegnung, lud sie ihn ein, mit ihr an der Klippe zu spazieren.

„Ich war überrascht, von Euch zu hören, Kardinal. Warum dieses neuerliche Treffen?"

„Es gibt Neuigkeiten", erklärte er und sah sich verschämt nach ihren Bewachern um. „Neuigkeiten, die … nun … höchst brisant sind."

„Ihr hättet mich nicht behelligt, wenn es anders wäre." Sie bedeutete ihm, zur Sache zu kommen.

„Der Wanderer, Signora Colucci … er hat eine weitere Botschaft geschickt."

Marzia blieb stehen und sah Paschalis kalt an.

„Was will er?"

Der Kardinal rückte sich das goldene Kruzifix auf seiner Brust zurecht und rieb sich nervös die Hände.

„Nun, das ist … also, es …"

„Sagt schon!"

„Er will uns ein Geschäft vorschlagen, Signora."

„Ich habe Euch schon gesagt, wir machen keinen Handel mit dem Teufel!"

„Aber ... aber er schreibt, er führt uns zur *Wahrheit*. Er behauptet, Zugang zum Versteck der Rubine zu bekommen. Wenn wir ihm gäben, was er fordert, so schreibt er, gehöre die *Wahrheit* uns!"

Paschalis Kopf war vor Aufregung ganz rot, und Marzia zögerte.

Wie sollte er Zugang zum Versteck der Hüter bekommen, wo es ihr in all den Jahrhunderten nicht gelungen war, auch nur einen winzigen Hinweis darauf zu finden?

Hatte Julien seine Drohung wahr gemacht und eine Allianz mit ihrem Feind geschlossen?

Sie konnte nicht riskieren, dass es dazu kam!

Dennoch widerstrebte es ihr, sich auf den Mann einzulassen, der sich nur an ihr bedient hatte, der Lust in ihrem Schmerz gefunden und sie über zweihundert Jahre erniedrigt und gedemütigt hatte.

„Was verlangt er von uns?"

Der Kardinal räusperte sich und sah auf die Spitzen seiner Schuhe. Mit einem Tusch wischte er sich den Schweiß von der Stirn, ehe er hilflos die Schultern zuckte.

„Vergeben Sie mir, Signora, es fällt mir nicht leicht, seine Worte zu wiederholen", stammelte er mit hochrotem Kopf und leckte sich die Lippen.

„Soll ich meine Männer rufen, damit sie Euch die Zunge etwas lockern, Eminenz?", fragte Marzia scharf und trat auf ihn zu, bis sie seinen fetten Wanst berührte.

„Was – will – er?", wiederholte sie ihre Frage und stieß bei jedem Wort ihren Finger auf seine Brust.

Paschalis Adamsapfel hüpfte, als er schluckte.

„Er ... er will ... nun, er drückt es sehr drastisch aus,

aber ich kann die Worte bei aller Liebe nicht wiederholen, Signora. Das wäre eine zu große Beleidigung Ihnen gegenüber."

Er trat einen Schritt zurück und schrumpfte förmlich unter Marzias eisigem Blick.

„Er möchte euch intim beiwohnen", presste er hervor und bekreuzigte sich, wobei er es vermied, sie anzusehen.

Für Marzia fühlte es sich an, als stürze sie die Klippen hinter sich hinunter, und sie wartete darauf, dass ihr Körper auf den spitzen Felsen zerschellen würde, aber nichts geschah. Nur das Grauen fraß sich in ihr Herz und drohte sie zu ersticken.

Obwohl sie kaum die Kraft aufbrachte, zu atmen, wollte sie besonders vor dem schmierigen Kardinal keine Schwäche zeigen. Mit geradem Rücken und hoch erhobenem Haupt nickte sie schließlich und rückte sich die Sonnenbrille vor die Augen, um ihre Gefühle zu verbergen.

„Was glaubt Ihr, Kardinal ... was sollten wir tun?", fragte sie beiläufig, aber die Kälte in ihrer Stimme hätte das Meer hinter ihr erstarren lassen können.

Überfordert drehte sich Paschalis nach den Wachmännern um und nestelte am Halsausschnitt seiner Mozzetta herum. Auf diese Frage gab es nur falsche Antworten.

„Ähm ... nun ... natürlich ist seine Forderung vollkommen indiskutabel, Signora, ... aber wir sollten nicht vergessen, was er uns in Aussicht stellt."

Manchmal wünschte Marzia, sie könnte einfach in ahnungsloser Sicherheit schwelgen wie der Papst, der nicht einmal ahnte, wie nahe seine Kirche dem Untergang war.

Sie hob die Augenbrauen und nickte nachdenklich.

„Ihr habt recht, Paschalis – natürlich habt Ihr recht ... das sollten wir nicht vergessen."

verbotene träume

—◆—

Chloé wälzte sich unruhig hin und her. Ihre Lider flatterten, als sie verschwitzt erwachte. Schwer atmend setzte sie sich auf und wischte sich die klebrigen Strähnen aus dem Gesicht. Ihr Kissen, ihr Haar und das hauchdünne Negligé, das das Zimmermädchen ihr gebracht hatte, waren feucht von Schweiß.

Sie tastete nach ihrem Asthmaspray, aber es war weg.

„Nein!", keuchte sie und fasste sich an die Kehle. Sie bekam kaum Luft.

Ihr Traum hing ihr nach, und die furchtsame Erregung, die er in ihr geweckt hatte, nahm ihr den Atem.

Sie hatte seine Hände auf ihrem Körper gespürt, überall hatte er sie gestreichelt und sie ihn. Sein Körper war ihr attraktiv erschienen, und seine bedrohliche Stärke hatte ihr weniger Angst gemacht als in der Wirklichkeit. Sie hatte von seinen Händen an ihrer intimsten Stelle geträumt, so, wie er sie am Abend berührt hatte, nur hatte er ihr im Traum auf erniedrigende Weise Lust bereitet, sodass sie keuchend und ruhelos erwacht war.

Sie erhob sich und fühlte noch immer das quälende Pulsieren zwischen ihren Beinen, als sie ins Bad ging, und sich kaltes Wasser ins Gesicht spritzte. Ihr Spiegelbild schien sie zu verhöhnen, denn die dünne Seide umschmeichelte ihre harten Brustwarzen und verrieten vermutlich jedem, der hinter diesen Kameras hockte, welch furchtbare Fantasien sie mit sich herumtrug.

„Der Scheißkerl hat mir bestimmt was ins Essen gemischt!", fluchte sie und reckte ihren Mittelfinger in die Richtung, in der sie die Kamera vermutete.

Als hätte diese Geste den Anstoß gegeben, sprang nebenan der große Fernseher an und zeigte eine Aufnahme des gestrigen Abends.

Ihr Peiniger, der sich ihr näherte, der seine Weste ablegte und mit ihr durch den Raum tanzte, bis hin zu der furchtbaren Szene am Fenster. In einer Endlosschleife liefen die Bilder ab, immer und immer wieder, und Chloé konnte nicht verhindern, dass sich die Hitze zwischen ihren Beinen beim Anblick des Videos steigerte und in einem zuckenden Höhepunkt entlud. Sie rannte ins Bad, um sich zu übergeben.

Sie würgte und spürte die Tränen auf ihren Wangen, als ihr Magen sich entleerte.

Eine ganze Stunde später saß sie noch immer auf dem Mosaik vor der Toilette. Ihr war kalt, und sie fragte sich, was mit ihr los war. Warum träumte sie von ihrem Peiniger? War sie schon genauso irre wie er? Sie hatte davon gehört, dass Geiseln sich in ihre Entführer verliebten ... aber sie doch nicht! Nicht in so ein Schwein!

Sie kannte den Kerl ja nicht, aber anscheinend weckte er diese ungewohnten Gefühle in ihr, weil sie so etwas noch nicht erlebt hatte. Sie war nie mit einem Mann zusammen gewesen, und Fays scheußliche Erlebnisse in der Bar, von denen sie ihr immer erzählte, hatten in Chloé nie den Wunsch nach einem Freund geweckt.

Die sexuelle Aufmerksamkeit des Wanderers war für die fast Neunzehnjährige eine völlig neue, erregende Erfahrung, und ihr Körper reagierte darauf. Dazu kam, dass dieser

Mann nicht gerade abstoßend hässlich war, sondern auf seine androgyne Art sogar recht attraktiv, wenn man vom kalten Glanz seiner Augen absah.

Voll Selbsthass kam Chloé schließlich auf die Beine und ging zurück in die Suite. Nüchtern sah sie sich ein ums andere Mal das sich ständig wiederholende Video an.

Sie sah, dass er sie wollte. Er wollte weit mehr, als er sich genommen hatte, und die Zurückhaltung schien ihm nicht leicht zu fallen. Er machte auch kein Geheimnis aus seinem Verlangen und schien ihren mageren, mädchenhaften Körper durchaus erregend zu finden.

Warum also hielt er sich so zurück? Was wollte er von ihr? War es sein Spiel, sie mit seiner Erregung und der sexuellen Bedrohung zu erschrecken? Wie würde er reagieren, wenn sie nicht furchtsam vor ihm zurückweichen würde, sondern sich auf sein perfides Spiel einließe? Wäre sie stark genug, weit mehr zu ertragen als bisher, um einen Weg zu finden, ihre verdammte Untätigkeit zu beenden?

Plötzlich wurde der Bildschirm schwarz, und das Zimmermädchen kam herein.

Sie brachte ein Kleid, Schmuck, Schuhe und Schminksachen, während zwei Kellner den Tisch mit Speisen deckten.

„Was soll das?", fragte Chloé und deutete auf die beiden Gedecke.

Noch ehe das Mädchen antwortete, kam ihr Entführer herein und scheuchte sie hinaus.

Chloé wurde rot, als sie sich an ihren Traum und ihre Gedanken erinnerte, und wich vorsichtshalber ein Stück zurück.

Er trug wie am Vorabend nur die Hose, und Chloés Blick glitt über die sehnige Brust und seinen flachen, trainierten Bauch. Ihre Brustwarzen drängten sich gegen die

Seide, und weil sie wusste, wie offensichtlich das sein würde, verschränkte sie die Arme vor der Brust.

„Also?", wiederholte sie, da er nur da stand und sie ansah. „Was soll das alles?"

„Ich will dir ... zusehen."

Er kam zu ihr, griff nach ihren Händen und zog diese lächelnd auseinander, als er ihren Körper wissend mit seinem Blick streifte. Er sah ihr in die Augen, während er die harten Knospen gekonnt durch den Stoff reizte.

Chloé spürte, wie ihr Herzschlag sich beschleunigte, und sie kämpfte den Impuls nieder, zurückzuweichen. Stattdessen erlaubte sie sich, das Gefühl zu ergründen, das ihre Brüste anschwellen ließ.

Langsam glitt seine Hand hinab zu ihrer Taille. Er führte sie zum Tisch und nahm gegenüber Platz.

„Wir haben heute viel vor", sagte er im Plauderton und legte ihr einige Melonenstücke mit Serranoschinken auf den Teller. Dazu eine dicke Scheibe warmes, nach Olivenöl duftendes Ciabatta und ein Schälchen frisches Tomatenpesto mit gerösteten Pinienkernen darüber.

Als Chloé zögernd zu essen begann, schien er zufrieden, denn er legte den Kopf schief und lächelte.

Es schmeckte köstlich, und, nachdem sie ihr anfängliches Misstrauen überwunden hatte, musste sie zugeben, dass sie die Auswahl verschiedenster leichter Speisen genoss.

Der Wanderer erhob sich und nahm eine schwere goldene Halskette von dem Stapel, den das Zimmermädchen auf dem Bett abgelegt hatte. Chloé ließ ihn nicht aus den Augen, als er damit zu ihr zurückkam. Er stellte sich hinter ihren Stuhl und schob ihr die Locken über die Schulter.

Chloé zitterte, als er das kalte Metall um ihren Hals legte und der glänzende Anhänger zwischen ihre Brüste glitt. Er nahm ihr Haar zurück und ließ es durch seine Finger gleiten, ehe er seine Hände erneut um ihren Hals schloss. Beide Daumen fuhren ihren Nacken hinauf bis zu ihrem Haaransatz und wieder hinunter, bis fast zwischen ihre Schulterblätter, während seine Finger ihre Kehle streichelten.

Chloé wagte es nicht, zu schlucken, und sie spürte selbst, wie schnell ihr Puls unter seiner Berührung schlug.

„Lass dich nicht stören", flüsterte er an ihre Wange und schob ihr die schmalen Träger des Hemdchens von den Schultern, sodass der seidige Stoff bis zu ihrem Bauchnabel hinabrutschte. Er richtete die Kette zwischen ihren Brüsten. Das kühle Metall auf ihrer nackten Haut erregte sie.

Chloé hörte ihr Seufzen, und er bemerkte es ebenfalls.

„Hör auf", flüsterte sie halbherzig, als er langsam seine Hand der Kette folgen ließ. Davon unbeeindruckt strich er erst über die harte Knospe der einen Brust, dann über die andere. Atemlos wartete Chloé, was geschehen würde und kämpfte mit dem Wunsch, sich zu wehren, und dem Wunsch, er möge es noch einmal tun.

„Es ist ganz einfach, Chloé", flüsterte er. „Du bist mein! … Und je früher du das akzeptierst, umso mehr …", er kniff ihre Brust, und sie konnte nicht verhindern, dass sie sich fester an seine Hand presste, „… umso mehr werde ich dir geben."

Er umfasste ihre Brüste, was herrliche Wonnen durch Chloés Körper schickte, während seine Zähne an ihrem Schlüsselbein eine blutige Spur hinterließen.

Als hätte er nicht gerade einen Aufruhr widersprüchlichster Gefühle in ihr geweckt, ließ er sie los und schlenderte zur Tür. Dort drehte er sich noch einmal zu ihr um. Sie spürte seinen brennenden Blick auf ihrem Körper und das Kribbeln in ihren Brustwarzen, als sehnten diese seine Berührung herbei.

„Die Kette steht dir gut, süße Chloé. Du solltest öfter Gold tragen", schlug er vor. „Zieh dich an! Wir machen einen Ausflug."

DIE GABE

D irekt vor ihnen erhoben sich die Mauern der Vatikanstadt. Der Verkehr war hier beinahe so dicht wie östlich des Tibers. Cruz fluchte und schaltete zurück.

„Ihr müsst bitte am Anfang beginnen, denn ich komm nicht mit! Also, was ist Alessas Gabe?"

Julien wies Cruz eine Lücke im Verkehr, ehe er Fay antwortete.

„Marzia Colucci wusste etwas, was uns damals nicht bekannt war: Kinder von Nebelmännern besitzen die Fähigkeit des Sehens. Diese Kinder konnten einem Menschen in die Augen blicken und dessen ganzes Leben darin lesen. Die Dinge, die er bereits getan hatte, ebenso wie all das, was ihm für die Zukunft bestimmt war."

Er stützte Fay, als Cruz scharf bremsen musste.

„Kinder? Gibt es denn noch mehr davon? Hat Alessa also doch Schwestern?", fragte Fay und klammerte sich an Julien fest.

„Nein, aber es stellte sich heraus, dass es im Laufe der Jahrhunderte wohl immer wieder Nachkommen von Unsterblichen gegeben haben muss. Sie alle besaßen die Gabe des Hellsehens oder wurden als Orakel bezeichnet. Soweit wir wissen, sind die aber alle längst gestorben. Marzia verfolgte die Idee, Gabriels Tochter zu benutzen, um in unseren Augen nach dem Versteck der *Wahrheit* zu suchen. Als aber Alessa in Marzias Blick deren perfiden Plan erkannte, nahm sie sich das Augenlicht, indem sie sich selbst blendete."

Fay war blass geworden, und sie war froh um Juliens Nähe, denn sie fühlte sich dieser Sache immer weniger gewachsen.

„Diese Marzia ist ebenfalls unsterblich, richtig? Warum brauchte sie ein Kind von euch? Konnte sie nicht selbst eines bekommen?"

Julien schüttelte den Kopf.

„Nein, wir bluten für gewöhnlich nicht – außer ein Rubinpfeil durchbohrt uns. Frauen, die nicht bluten …"

„Ahhh, okay, ich verstehe", unterbrach Fay seinen Versuch, ihr die Fruchtbarkeit der Frau zu erklären, als Cruz mit einem Mal eine Vollbremsung hinlegte.

„Verdammt! Cruz! Was soll das? Warum hältst du an?", rief Julien und rieb sich den Kopf, den er sich bei dem Manöver gestoßen hatte.

Cruz drehte sich zu ihnen um und hob wie ein Lehrer den Zeigefinger.

„Als wir Alessa befreit hatten, trafen wir mit Marzia so etwas wie ein Abkommen. Wir versprachen, die *Wahrheit* und das Geheimnis der Kirche zu hüten, solange sie keinen weiteren Krieg im Namen des Glaubens führen würde. Dafür versprach sie uns Alessas Sicherheit, bestand aber darauf, Gabriels Tochter müsse in Rom bleiben … als Faustpfand sozusagen. Erinnerst du dich noch, Julien, als Alessa sagte, das sei für sie in Ordnung, denn die anderen Seherinnen blieben ja auch für immer in Rom?"

Julien rieb sich die Schläfen.

„Richtig! Sie meinte aber doch keine wirklichen Personen, sondern die Sibyllen in der Sixtinischen Kapelle."

„Guter Gott, wovon zum Teufel sprecht ihr jetzt wieder?", rief Fay fassungslos.

Julien stieg aus dem Auto und zog sie hinter sich her.

„Cruz hat recht! Die Sibyllen waren Prophetinnen ... Seherinnen, genau wie Alessa. Vielleicht könnte man sie daher als ihre *Schwestern* bezeichnen. Und wir vermuten, dass sie alle aus der Blutlinie von Unsterblichen stammen. Sieben von ihnen hat Michelangelo im Deckenfresko der Sixtinischen Kapelle verewigt! – Ich glaube, wir müssen doch nicht zu Alessa, sondern dorthin."

„*Das Wort ihrer Schwestern* ... denkst du, wir finden es in der Kapelle?"

Julien nickte und küsste Fay auf die Lippen. Er fuhr ihr durchs Haar, und es fühlte sich an, als verleihe ihm dieser Moment der Zweisamkeit neue Kraft.

„Das müssen wir, denn uns läuft die Zeit davon!", murmelte er und sah ihr in die Augen.

„Kannst du so weit laufen? Mit dem Auto brauchen wir zu lange. Außerdem will ich, dass Cruz zu Alessa fährt, für den Fall, dass wir einer falschen Spur folgen."

Sie nickte. Obwohl Cruz ihnen vom Wagen aus zusah, küsste er sie erneut.

„Dann los!"

Fay beeilte sich, mit Julien Schritt zu halten. Ihre Schussverletzung war zwar dabei, gut zu verheilen, aber jede Bewegung fühlte sich an, als stieße ihr jemand ein Messer in die Rippen. Die Sonne brannte auf ihre Schultern, das Shirt unter ihrer Bluse klebte ihr feucht am Rücken, und sie begann, sich den verregneten Pariser Sommer herbeizusehnen. Die Luft, die sie atmete, war warm und feucht und schien kaum Sauerstoff zu enthalten. Je näher sie dem Petersplatz kamen, umso mehr Touristen drängten sich auf den Gehwegen und Straßen und behinderten die beiden in ihrem Vorankommen.

„Julien!", keuchte Fay. „Warte, ich kann nicht so schnell!"

Ihre Seite stach bei jedem Atemzug, und ihre Raucherlunge schien zu bersten.

„Wir sind gleich da", versuchte er, sie zu beruhigen und fasste nach ihrer Hand, während er sie schnellen Schrittes weiterzog. „Es ist nicht mehr weit."

„Ich halte dich nur auf! Du hättest mich bei Cruz lassen sollen, denn ich werd dir ohnehin keine Hilfe sein. Ich kann doch dieses beschissene Rätsel nicht lösen ... ich kenn mich mit diesem Sibyllen-Zeug nicht aus."

Julien drehte sich zu ihr um und fasste sie an den Schultern. Sein Blick war ernst, als er ihr in die Augen sah.

„Du hältst mich nicht auf, Fay! Ich könnte keinen klaren Gedanken fassen, wenn du nicht an meiner Seite wärst, denn die Sorge, dir könnte etwas zustoßen, würde mich lähmen. In all den Jahrhunderten, Fay, habe ich noch nie einen Kampf allein ausgetragen. Meine Männer – und allen voran Gabriel – waren immer an meiner Seite. Dass du heute bei mir bist, macht es für mich weniger schmerzhaft. Ich ..."

Er schüttelte den Kopf, und Fay ahnte seine innere Zerrissenheit.

„Du bist wundervoll, Fay, und ich wünschte ... ich wünschte, die Dinge zwischen uns könnten anders sein."

Er fuhr ihr mit der Hand in den Nacken und zog sie zu einem Kuss zu sich heran. Sein Daumen streichelte ihr Kinn, und seine Bartstoppeln kratzten angenehm auf ihrer Haut. Zögernd löste er seine Lippen von ihren, und wieder bemerkte Fay, dass ihm der Abstand zu ihr nicht leicht fiel. Bedauern lag in seinem Blick, als er zurücktrat und an den

Säulen des Peterplatzes vorbei zeigte.

„Wir müssen dort entlang."

Fay schluckte ihre Gefühle hinunter und nickte. Sie spürte seine Liebe, auch wenn er ihr diese nicht eingestehen wollte. Und wenn das alles vorüber sein würde, dann würde sie darum kämpfen!

Sie beeilten sich, weiterzukommen, aber das Gedränge der Touristen und Pilger hielt sie auf. Um den Petersplatz herrschte reges Treiben. Wie schon am Tag zuvor, als sie mit Cruz hier gewesen war, beeindruckte Fay auch heute die Größe des Platzes und die in der Sonne strahlende Basilika.

Julien bemerkte Fays Staunen, und, da sie ohnehin nur langsam vorankamen, erklärte er: „Der Petersdom wurde über dem Grab des Apostels Petrus errichtet und war damals viel kleiner. Er wurde erst später zu dem ausgebaut, was du hier siehst. Der Obelisk auf dem Vorplatz stammt aus den Überresten von Neros *Circo*, der diagonal unter und neben dem heutigen Dom lag."

Fay schüttelte den Kopf und fasste ihre Locken erneut zu einem Zopf zusammen.

„Es ist eine unglaubliche Stadt, in der selbst unter der Oberfläche dieser geschichtsträchtigen Bauten und Plätze immer noch eine weitere Geschichte verborgen scheint. Wie bei einer Zwiebel. Je tiefer man gräbt, umso mehr Tränen möchte man vergießen, oder nicht?"

Julien lächelte.

„So ist die Welt, Fay. In den beinahe tausend Jahren, die ich nun lebe, war nur in den seltensten Fällen etwas genau so, wie es zuerst schien. Und nur selten verbirgt sich unter der Oberfläche etwas Gutes."

Er drückte ihre Hand.

„Darum hast du mich so überrascht, Fay. Du hast versucht … und tust es noch immer …, dich vor mir zu verschließen und mich nicht wissen zu lassen, wie du wirklich bist. Trotzdem hatte ich vom ersten Moment an das Gefühl, dir bis auf den Grund deiner Seele blicken zu können."

Fay zwinkerte und kicherte. Ein verführerischer Zug lag um ihren Mund.

„Das waren meine Brüste, Julien. Du warst so überrascht, weil du mir auf die Brüste geschaut hast."

Sein tiefes Lachen verursachte Fay ein angenehm warmes Kribbeln im Magen. Sein gletschergrauer Blick ließ ihr Herz höher schlagen. Obwohl sie geahnt hatte, dass auch unter seiner Oberfläche etwas war, das ihr Tränen bereiten würde, hatte sie sich Hals über Kopf in ihn verliebt. Noch nie hatte sich etwas zugleich so richtig und doch so falsch angefühlt.

„Vielleicht", überlegte Julien grinsend. „war ich auch so verwirrt, weil ich nie zuvor Schöneres gesehen hatte?"

„Lügner!", lachte Fay.

„Wie kannst du das sagen?", fragte er gespielt entrüstet. „Ich bin ein Mann, der sein Leben der *Wahrheit* gewidmet hat!"

Als endlich die Pforte der Sixtinischen Kapelle vor ihnen lag, drängelten sie sich an den mürrischen Touristen vorbei, die seit Stunden anstanden, um ebenfalls in die vatikanischen Museen oder die kunstvolle Kapelle zu gelangen.

„Wir machen uns unbeliebt", flüsterte Fay und klammerte sich an Juliens Arm, während der sich einfach durch die Menge schob.

„Lieber bei denen als bei unserem Gegenspieler", gab er schlicht zurück und verneigte sich vor Fay, um nach ihr einzutreten.

Die kühle Luft war ein angenehmer Kontrast zu der Hitze des Nachmittags, und das Flüstern der staunenden und ehrfürchtigen Besucher klang wie das Murmeln eines Baches. Selbst Fays Puls schien, von Demut gedämpft, plötzlich viel ruhiger zu werden, und nur das laute Pochen ihres Herzens erinnerte sie an den Grund ihres Besuchs hier. Die kunstvolle Deckenmalerei und das mächtige, überwiegend in Blautönen gehaltene Wandgemälde, das den Tag des Jüngsten Gerichts zeigte, ließ sie fast vergessen, dass es eine Welt außerhalb dieser Mauern gab. Eine wahrhaft himmlische Ruhe ging von den Farben und Bildern Michelangelos berühmtester Werke aus.

Fay konnte den Blick nicht von der Szene der Erschaffung Adams über sich abwenden. Sie glaubte, beinahe selbst den Lebensfunken zu spüren, der durch Gottes Fingerzeig auf den unbekleideten und verletzlichen Mann überging.

„Ich kann nicht glauben, dass ein einziger Künstler das vollbracht haben soll", hauchte Fay, als sie sich der Größe des vierzig Meter langen Freskos bewusst wurde.

Julien deutete nach oben.

„Dort, siehst du? Die drei Frauen auf dieser Seite und die zwei da drüben … das sind Michelangelos Sibyllen."

Fay sah sich die einzelnen Frauen an, die Julien ihr gezeigt hatte. Sie unterschieden sich stark in ihrem Alter und ihrem Aussehen, hielten Bücher oder Schriftrollen in Händen und trugen weite fließende Gewänder. Im Hintergrund waren stets Kinder abgebildet, und jedes Frauenbild war mit einem Spruchband unterlegt.

„Was steht da? Ist es das, wonach wir suchen?", fragte Fay, die die Mühe hatte, die alten Buchstaben zu entziffern.

„Ich denke nicht. Dort steht DELPHICA, weil diese Sibylle der Region um Delphi zugeordnet wurde. Vielleicht hast du schon vom Orakel von Delphi gehört?"

„Sicher, nur habe ich nie … angenommen, dass diese

135

Sagen oder Legenden einen wahren Kern haben könnten. Die Bildunterschriften ... du denkst also nicht, dass darin der Schlüssel liegen könnte?"

Fays Nacken schmerzte, so lange hatte sie schon die Decke bestaunt.

Julien schüttelte den Kopf.

„PERSICHIA, DELPHICA, LIBICA ... wenn darin eine Botschaft liegt, dann sehe ich sie nicht."

„Aber es müssen Worte sein!", beharrte Fay. „*Das Wort ihrer Schwestern* ... schreibt der Wanderer – es gibt hier aber keine Zitate oder Sprüche der Sibyllen!"

Julien erstarrte. Aufgeregt fasste er Fays Hand.

„Du hast recht! Wir sind hier falsch!" Er zeigte noch einmal nach oben und sah sich die einzelnen Bilder der Prophetinnen an. „*Ihre Worte!* Sieh dir die Malerei an, dann erkennst du, wo ihre Worte sind."

„Ich seh nichts. Wenn du es weißt, dann sag es mir. Warum sind wir hier falsch, Julien?"

„Sieh hin! Was haben sie alle gemeinsam?"

Fay studierte angestrengt die Bildnisse, als es ihr wie Schuppen von den Augen fiel.

„Natürlich! Die Bücher! Sie alle halten Bücher! Haben sie ihre Worte niedergeschrieben?", fragte Fay, und Juliens Aufregung übertrug sich nach dieser Entdeckung auch auf sie selbst.

„Das haben sie wirklich!", bestätigte Julien ihre Vermutung und küsste sie flüchtig auf den Mund, ehe er sie in Richtung Ausgang führte.

„Eine römische Legende besagt, eine der Prophetinnen habe einem römischen Kaiser neun Bücher mit ihren gesamten Prophezeiungen zum Kauf angeboten, aber der Preis sei ihm zu hoch gewesen. Darum habe sie drei verbrannt und für die übrigen sechs den gleichen Preis verlangt. Er habe wieder abgelehnt, und sie habe daraufhin weitere drei verbrannt. Am Ende soll er die verbliebenen drei Schriften zum vollen Preis gekauft haben.“

„Wo sind sie heute?“

Julien zuckte mit den Schultern.

„Ich habe keine Ahnung. Aber vielleicht kann uns das die Frau dort drüben sagen“, schlug er vor und zeigte auf eine der Mitarbeiterinnen des Museums.

Als sie die Sixtinische Kapelle verließen, waren sie sprachlos.

„Apollon!“, murmelte Julien fassungslos. „Immer wieder führt er uns zu diesem Namen! Man kann sagen, was man will, aber der Wanderer versteht es, ein Mysterium aus sich zu machen.“

„Er versteht es auch ausgezeichnet, ein riesiges Arschloch zu sein!“, rief Fay und sah sich unsicher um. „Er verarscht uns! Die Frau hat gesagt, der letzte bekannte Aufenthaltsort der Bücher sei der Tempel des Apollon – und der liegt doch ganz in der Nähe vom Mund der Wahrheit. Wir sind also vollkommen umsonst durch halb Rom gerannt!“

Julien drehte sich im Kreis und suchte die Umgebung ab, eher er Fay an der Hand nahm und in nördliche Richtung davonging.

„Was machst du? Wo gehen wir hin?“

„Cruz ist zu Alessa gefahren. Der Wanderer könnte sie in die Sache hineinziehen wollen, darum wird Cruz, außer ich rufe ihn, auf jeden Fall bei ihr bleiben.“

„Dann ruf ihn an, wir müssen zurück zum Palatin!“

Julien schüttelte energisch den Kopf.

„Nein, Fay. Wir haben in Paris gesehen, dass die *Bruderschaft des wahren Glaubens* jede Möglichkeit nutzt, uns aufzuspüren. Mobilfunknetze, Überwachungskameras und all diese Dinge. Zwar gibt es hier in Rom weit weniger Videoüberwachung als in Paris, aber telefonieren werde ich nur im absoluten Notfall. Außerdem werden wir mit der Metro schneller sein als mit dem Auto."

Er zeigte die Straße entlang, an deren Ende Fay das U-Bahn-Zeichen erkennen konnte.

„Glaub mir, Fay, das Letzte, was wir jetzt noch gebrauchen können, ist die Aufmerksamkeit der *Bruderschaft*."

DER SENDER

PARIS, HEUTE

J ade kaute ihre Fingernägel ab und starrte auf das
Blinken auf ihrem Monitor. Seit Tagen tat sie nichts
anderes. Sie wartete auf ein Signal. Immer wieder
raufte sie sich die Haare und fragte sich, warum zum
Henker ihr Sender kein Signal aussandte.

Ihr Zungenpiercing klackerte im Takt ihres Herzschlags
gegen ihre Zähne, und sie schmeckte ihren schalen Atem.

„Fick dich!", rief sie und stieß ihren Stuhl zurück, ohne
den Monitor aus den Augen zu lassen.

„Hast dem Nebelmann anscheinend ganz umsonst den
Schwanz gelutscht", bemerkte Paul hämisch grinsend, ehe
er sich wieder dem Ego-Shooter zuwandte, der in
regelmäßigen Abständen seinen Bildschirm rot einfärbte.

„Halt dein Maul, du Wichser!"

Zornig trat sie die Kellertür mit dem Fuß auf und floh
hinauf auf die Straße.

Sie sollte eine Pause einlegen! Einfach gehen. So wie
damals, als sie ihren Eltern davongelaufen war. Aber
verdammt, sie wollte der Welt die *Wahrheit* bringen! Sie
wollte diese verlogene Gesellschaft zum Einsturz bringen
und sehen, ob aus der folgenden Gewalt und dem
zwangsläufigen Chaos nicht eine neue und tolerantere
Gesellschaft entstehen konnte. Eine, in der sie besser

klarkäme und in der kein Platz für die verbohrten, engstirnigen Ansichten von biederen Spießbürgern wie ihren Eltern wäre.

Jade rieb sich die brennenden Augen. Die grellen Neonröhren und das tagelange Monitorgeglotze machten sie noch fertig. Missmutig wischte sie die Lidschattenspur am Finger an ihrer Jeans ab und ging die Straße entlang bis zum nächsten Coffeeshop.

Super! Eine endlose Reihe von Bürohengsten vor ihr. Mit einem Fluch setzte sie sich an einen der Tische und wartete auf die Bedienung, denn so würde das Koffein den Weg schneller zu ihr finden.

„Zwei große Kaffee, schwarz, ohne Zucker – zum Mitnehmen!", murrte sie ihre Bestellung, ohne die Kellnerin anzusehen. Stattdessen betrachtete sie ihre abgekauten Nägel.

„Ich hab diesen Schwanz nicht umsonst gelutscht!", flüsterte sie und verfluchte Paul, dass er ihre eigenen Gedanken ausgesprochen hatte.

„Warum benutzt du dein verficktes Handy nicht?", fluchte sie weiter leise vor sich hin und biss den kleinen Fetzen Haut an ihrem Nagelbett ab, der sie störte.

„Musst du keine beschissene App runterladen oder dir ein Youtube-Video reinziehen? Keine Mails abrufen oder Pornos streamen?"

Jade kratzte sich den Kopf. Sie brauchte echt eine Auszeit! Sie führte schon Selbstgespräche! Ihr Kaffee kam. Achtlos warf sie den Geldschein auf den Tisch und griff sich die Becher.

Sie verbrannte sich die Lippe, als sie den ersten Schluck nahm, aber das störte sie nicht weiter. Was sie störte, war das fehlende Signal ihres Senders!

Sie brauchte das Signal, um nicht den einzigen

möglicherweise Erfolg versprechenden Plan, die *Wahrheit* an sich zu bringen, aufgeben zu müssen.

Als sie die Stufen hinabstieg, tat das Koffein seine Wirkung, und Jade begann, sich besser zu fühlen. Sie würde nicht länger nur warten, sondern sich auf den Moment vorbereiten, an dem der Nebelmann sein Handy benutzen und der Sender, den sie ihm im Hotelzimmer an seinen Akku geklemmt hatte, seine Arbeit aufnehmen würde.

Mit neuem Elan, einem weiteren Schluck Kaffee und einem verächtlichen Blick auf Paul, der sich am Hals gerade einen Pickel ausdrückte, setzte sie sich wieder an ihren Rechner.

Sie grübelte einen Moment, dann flogen ihre Finger über die Tasten.

DER TEMPEL

Ein mulmiges Gefühl beschlich Fay, als sie Julien, der sich die Kapuze seines Ledermantels über den Kopf zog, in die Metrostation folgte. Als Stipperin einer Bar in Bahnhofsnähe wusste sie, was für Typen sich für gewöhnlich an solchen Orten herumtrieben. Zwar dämmerte gerade erst der Abend, aber wie in den meisten Großstädten Europas war wahrscheinlich auch hier die kriminelle Energie im unterirdischen Tunnelsystem größer als auf offener Straße.

Das beste Beispiel dafür bot ihr in diesem Moment Julien, der sich, ohne zu bezahlen, über das Drehkreuz schwang und Fay grinsend die Hand reichte, damit sie ebenfalls einfach darüberklettern konnte.

„Wir werden noch verhaftet!", schimpfte sie, folgte ihm aber.

„Das werden wir nicht. Unser ‚Freund' hat mit seiner Terrordrohung rund um das *Colosseum* für ‚Bombenstimmung' gesorgt. Du kannst dir sicher sein, dass sich jeder zu entbehrende Carabiniere der Stadt genau dort befindet."

Sie erreichten den Bahnsteig in dem Moment, als der Zug einfuhr. Die Türen öffneten sich, und Menschen strömten geschäftig an ihnen vorbei, während sie selbst einstiegen.

Mit einer Hand hielt Julien sich an der Stange fest, mit der anderen umfasste er Fays Taille und zog sie an sich.

„Vom Tempel ist heute nur noch wenig erhalten. Einzelne gigantische Säulen, auf den Überresten des damaligen Sockels."

Fay genoss es, seinen Körper, der sich durch die Geschwindigkeit der Fahrt an sie presste, so nah an ihrem zu fühlen. Der Duft seiner Haut weckte Erinnerungen an zwei wunderbare Liebesnächte, und die Erlebnisse des Tages verstärkten noch ihr Gefühl der Verbundenheit.

„Das klingt so, als glaubtest du nicht, dass sich die Bücher noch an diesem Ort befinden."

Julien zuckte mit den Schultern.

„Der Wanderer will uns dort haben … ob wir die Schriften jedoch dort finden werden …"

„Denkst du, wir liegen mit unserer Vermutung falsch?"

„Die Prophezeiungen zu finden, wäre eine Sensation. Sie gelten schon lange als verschollen."

Fay grübelte. Das war alles so verwirrend … und surreal. Wie sollten sie finden, was Historiker sicher schon lange vergeblich gesucht hatten?

„Was, wenn der Schlüssel zu allem vielleicht doch in Alessas Küche verborgen ist?", überlegte sie laut.

„Cruz wird dem nachgehen. Er wird Alessa von dem Brief berichten und uns wissen lassen, wenn er etwas herausfindet."

Julien streichelte Fays Rücken, und sie konnte nicht anders, als sich auf die Zehenspitzen zu stellen und ihn zu küssen. Die Gefahr, die Anstrengung und die Ungewissheit machten diesen Tag zum intensivsten in ihrem Leben, und sie sehnte sich danach, ihre aufgeriebenen Sinne in Juliens Armen zur Ruhe kommen zu lassen. Sein Kuss schmeckte nach einem süßen Versprechen, und Fay wünschte, er möge niemals enden. Sie grub ihre Finger in sein Haar und klammerte sich fester an ihn.

„Wir müssen hier raus", unterbrach er seufzend den Kuss, als die Bahn abbremste.

„Sind wir da?"

„Nein, wir müssen umsteigen. Wir sind erst am Hauptbahnhof. Noch drei Haltestellen, dann sind wir da."

Sie wechselten das Gleis und fuhren in südlicher Richtung weiter bis zum *Circus Maximus*.

Als sie den Untergrund verließen, war es bereits dunkel. Die Überreste der Ruinen der ehemaligen Wettkampfstätte wurden mit gelben und grünlichen Strahlern in Szene gesetzt. Es war gespenstisch. Anscheinend spürte Julien ihre Angst, denn er drückte beruhigend ihre Hand und führte sie weiter. Da die Straßen noch immer gesperrt waren und Polizisten jeden Durchgang verhinderten, wichen sie auf die staubigen Wege des historischen Areals aus.

Zu ihrer Linken lag das Gelände des ehemaligen Circus. Mächtige Säulen lagen wie die Rippen eines Skeletts in der früheren Arena aufgereiht und ließen erahnen, wie prachtvoll diese Wettkampfstätte einst gewesen sein musste. In perfekter Symmetrie schienen diese ein gigantisches Oval für Wagenrennen und Tierkämpfe gebildet zu haben.

„Wie war es, zu dieser Zeit zu leben, Julien?", fragte Fay und versuchte, sich selbst gedanklich in die Vergangenheit zu versetzen. Beinahe roch sie das Blut der Wettkämpfer im sandigen Boden zu ihren Füßen und glaubte das Trampeln der Hufe und das Geräusch herandonnernder Streitwagen zu vernehmen.

Julien lachte leise.

„Es war anders – aber dennoch vollkommen normal.

Wir haben viel gesehen, Fay, aber weil wir uns immer um Unauffälligkeit bemühten, vermieden wir es, uns zu sehr einzumischen. Wir zogen uns vor langer Zeit zurück, um die *Wahrheit* besser schützen zu können. Nur, wenn wir einen Hinweis auf weitere Rubine fanden, verließen wir unser Versteck – so, wie in Paris. Mein Leben war also nicht so spannend, wie du vielleicht vermutest."

Er zog sie näher an seine Seite, und, obwohl sie sich beeilten, den Tempel zu erreichen, ließ er seine Hand auf ihren Hintern gleiten.

„Das Spannendste in letzter Zeit bist definitiv du", flüsterte er und kniff sie leicht.

„Ach wirklich? Du behauptest also, die Suche nach dem Edelstein in Paris, dieses kranke Spiel mit dem Wanderer, unsere Jagd durch Rom – ganz zu schweigen von der Angst, von einem Rubinpfeil durchbohrt zu werden – wären nicht so aufregend wie ich?"

Julien grinste, und das Mondlicht ließ seine Augen funkeln. Noch ehe er antworten konnte, trat eine dunkle Gestalt aus dem Schatten auf sie zu.

Fay schrie erschrocken auf und griff nach dem Dolch, den sie unter der Bluse verborgen trug.

„Schöner Abend für einen romantischen Spaziergang, nicht wahr?", grüßte Lamar ironisch, und sein bohrender Blick fiel auf ihre ineinander verflochtenen Hände.

Julien lächelte Fay ermutigend zu.

„Ich hätte sie nicht daran gehindert, dir den Dolch in die Brust zu stoßen, wenn du dich so anschleichen musst!"

„Entschuldige, Juls, aber ich konnte nicht wissen, dass ihr so … mit euch beschäftigt seid."

Julien überging Lamars Stichelei und ging weiter.

„Gut, dass du da bist. Wie sieht es aus? Hast du dir vom Gelände einen Überblick verschafft? Gibt es einen Hinweis auf unseren *Freund?*"

„Nein. Ich habe mich heute Mittag wie besprochen dem Mund der Wahrheit von hier aus genähert, aber es gab nichts Ungewöhnliches. Kein Mensch hat heute den *Palatin* betreten, und die Ruinen wirken wie der perfekte Spielplatz für sein krankes Hirn."

„Du hast recht. Er spielt mit uns."

Julien reichte Lamar den Brief.

„Wir glauben, dass er mit Alessas Schwestern die Seherinnen, also die Sibyllen meint, und ihre Worte die sibyllinischen Bücher sind. Soweit wir wissen, befanden sich diese zuletzt im Apollon-Tempel. Wenn das alles kein Zufall ist!"

Lamar überflog die Zeilen und nickte zustimmend.

„Was meint er damit, dass *diese Worte die Lippen verstummen lassen?*"

„Keine Ahnung. Lass uns die Bücher finden – oder was immer uns an der Tempelruine erwartet – und hoffen, dass wir dann in der Lage sind, sein Rätsel zu lösen."

Sie hatten den Circus hinter sich gelassen und erreichten nun ein weiteres historisches Gelände, aus dessen Mitte drei riesige Säulen emporragten: die Überreste des Apollon-Tempels. Auch sie wurden von Strahlern in Szene gesetzt und leuchteten hell vor den finsteren Bögen des danebenstehenden Theaters.

Gänsehaut überzog Fays Körper, als sie sich vorstellte, der Wanderer würde im Schatten der Bögen lauern. Das ungute Gefühl, genau dort zu sein, wo er sie haben wollte, ließ sie zittern, und sie beeilte sich, den Männern hinterherzukommen, die schon dabei waren, den gut zwei Meter hohen Sockel zu erklimmen.

„Hier ist nichts!", rief Lamar, der als Erster erkannte, dass die meterbreiten Säulen und die spärlichen Überreste des verzierten Frieses hoch über ihren Köpfen nicht viele Möglichkeiten für ein Versteck boten.

„Oh, Gott, bitte! Wir können doch nicht wieder falsch liegen!", flehte Fay, und die Sorge um ihre Schwester wuchs mit jeder sinnlos verstreichenden Minute. Was würde geschehen, sollten sie um Mitternacht noch immer kein Stück weitergekommen sein?

Erschöpft ließ sie sich an der mittleren Säule hinabgleiten und schwang ihre vom vielen Laufen schmerzenden Beine über den Rand des Sockels.

Dabei strich sie mit den Händen über die marmornen Erhebungen einer umlaufenden Verzierung.

Die Wärme des Tages war noch im Stein gespeichert, und ihre Finger kribbelten, als sie sich vorstellte, wie alt diese kunstvolle Arbeit schon sein mochte.

Lorbeerblatt an Lorbeerblatt hatte der Steinmetz das Rankenmuster aus dem massiven Marmorblock heraus gearbeitet.

Unter dem fahlen Mondlicht wirkte die Maserung des Sockels, als wäre der Stein in Bewegung. Wie der warme Leib eines ruhenden Riesen, in dessen bläulichen Adern sein mystisches Blut zu seinem Herzen rann. Fay zögerte. Wieder strich sie über die Steinarbeit. Sie legte den Kopf schief und sah sich den Marmor genauer an. Die Arterien des Gesteins funkelten im silbrigen Licht.

Am Rand ihres Bewusstseins hörte sie Julien und Lamar darüber streiten, wie sinnlos ihre Suche hier war.

„Hier ist nichts!"

„Das gibt es nicht! Hat er vielleicht eine weitere Nachricht oder einen Hinweis versteckt? Siehst du vielleicht irgendwo einen Lorbeerzweig? Das ist doch sein selbstgewähltes Symbol."

Obwohl Fay die beiden nicht weiter beachtete, drangen

deren Worte bis tief in ihr Innerstes.

„Lorbeer", hauchte sie, und es schien, als wäre es ein magisches Zauberwort. Sie fühlte etwas Großes unter ihren Fingern, das ihren Herzschlag beschleunigte, und die Hitze, die sie trotz der sich langsam über die Stadt senkenden Kühle erfasste. Mit der flachen Hand auf dem Stein folgte sie dem Pulsschlag des Marmors bis zum schimmernden Herzen des Riesen.

Genau hier schien jede einzelne Marmorierung ihren Anfang zu nehmen und auch der gemeißelte Lorbeerzweig trug hier seine einzige Frucht. Als wäre der Stein eine Karte, deren marmorne Straßen alle zu diesem Ziel führten. Als bestünde die Maserung aus einer Vielzahl von Flüssen, die alle in diesen Ozean mündeten. Den Ozean, in dessen silberner Mitte die einzige Beere des kunstvollen Lorbeerzweigs wie eine geheimnisvolle Insel lag.

„Jungs", rief Fay, und die Spannung in ihrer Stimme war so greifbar, dass sie nicht mehr Aufsehen hätte erregen können, wenn sie es laut in die Nacht hinaus geschrien hätte.

Noch ehe Julien und Lamar an ihrer Seite waren, bestätigte das feine Gespür ihrer Fingerspitzen, dass diese einzelne Beere sich von den restlichen Steinarbeiten unterschied. Wo die Lorbeerblätter weich und geschmeidig mit dem Sockel verschmolzen waren, schien sich die Frucht hart und geradezu brutal an den Untergrund zu pressen.

„Hier ist etwas", hauchte sie leise, als könnte ihre Entdeckung Geister wecken.

Julien kniete neben ihr, und sie führte seine Hand an die Stelle, die ihr so ungewöhnlich vorkam. Als jagte Strom durch ihren Körper, fühlte sie, wie auch er von Spannung ergriffen wurde.

„Du hast recht. Es scheint … auf den Sockel aufgesetzt

zu sein."

„Kannst du es herausziehen?", fragte Lamar, und Julien versuchte, die kleine Beere zu umfassen.

„Oder hineindrücken? … Wie einen Knopf", schlug Fay vor, und Julien versuchte, ihre Vorschläge umzusetzen, aber er bekam die marmorne Frucht nicht fest genug zu fassen, um sie herausziehen zu können. Auch einfaches Hineindrücken misslang, aber ein wenig Gesteinspulver rieselte heraus.

„Verdammt! Der Mechanismus – oder was immer sich hinter diesem Ding verbirgt, scheint vom Staub und der Witterung der Jahrhunderte verklemmt. Es rührt sich kaum", schimpfte Julien.

Lamar zog Fay beiseite und reichte ihm einen faustgroßen Stein.

„Hier, Juls. Versuch es damit."

Er nickte und wog den Stein in seiner Hand, ehe er ausholte und ihn mit ganzer Kraft auf die Marmorbeere schlug. Tatsächlich grub sich die Frucht etwas tiefer in den Sockel.

Fay jubelt und feuerte ihn an, es ein weiteres Mal zu versuchen.

Der nächste Schlag trieb die Beere noch tiefer, und ein leises Knacken war unter ihnen am Sockel zu hören.

„Was war das?" Lamar sprang von den Überresten des ehemaligen Tempels, um sich anzusehen, was dieses Geräusch verursacht hatte.

„Und?", fragte Fay von oben.

„Ich sehe nichts. Versuch es noch einmal, Juls, vielleicht war es nicht hart genug."

„Es ist fast schon eben mit dem Untergrund", erklärte der, holte aber erneut aus und ließ den Stein ein weiteres Mal auf den Marmorsockel niederfahren.

Diesmal klackte es laut, und die Beere versank vollständig in der kunstvollen Bordüre der Grundmauern des Tempels.

Lamar stieß einen ehrfürchtigen Fluch aus und winkte ihnen, zu ihm zu kommen.

„Das müsst ihr euch ansehen!", rief er und schob seine Hand in den mannshohen Spalt, der entstanden war, als die seitliche, gut zwanzig Zentimeter dicke Marmorplatte wie eine Tür aufgeschwungen war.

„Was in aller Welt ist das?", fragte Fay, als er die Platte noch weiter beiseiteschob und das Mondlicht auf den edelsteinbesetzten Kasten schien, der aussah wie ein ägyptischer Sarkophag für Kinder.

Glänzende, messerscharf geschliffene Rubine zierten den Deckel, und Julien zog die Augenbrauen nach oben.

„Dieser Bastard! Glaubt er, wir machen es ihm so einfach?"

Lamar lachte und rieb sich über den rasierten Teil seines Schädels.

„Ich finde ja, er beweist Humor."

„Was meint ihr damit? Denkt ihr, der Wanderer hat das für uns … vorbereitet? Wie könnte er das? Ich meine … diese Öffnung, sie schien mir viele Jahre – oder länger – verschlossen gewesen zu sein", warf Fay ein.

Lamar neigte den Kopf zur Seite, als wöge er seine Gedanken ab.

„Ich will nicht behaupten, dass er das für uns gemacht hat, aber er musste wissen, dass wir hier etwas finden würden – und sicher weiß er auch, was sich in dieser Truhe verbirgt. Die Rubine … nun, sie galten vielleicht ursprünglich nicht uns, aber es muss ihn amüsieren, zu wissen, dass wir Gefahr laufen würden, sie zu berühren."

Fay krempelte sich die Ärmel der Bluse über die

Ellbogen und grinste.

„Nun, das werdet ihr aber nicht."

Sie drängte sich an den Männern vorbei und streckte die Hände aus. Vorsichtig schob sie den Deckel auf und zuckte zurück, als sie sich an einem der Steine kratzte.

„Autsch!", keuchte sie und sah auf den blutigen Schnitt an ihrem Finger. Sofort war Julien bei ihr und zog sie an sich. Er nahm ihre Hand und sah sich die Verletzung besorgt an.

„Was ist passiert?", fragte er und tupfte das Blut behutsam von ihrem Handballen.

„Es ist nicht schlimm", wehrte Fay ab. „Ich hab mich nur gekratzt. Diese verdammten Steine sind echt messerscharf!"

Inzwischen hatte Lamar den Inhalt der Truhe geborgen und kam mit einem dicken Buch zu ihnen.

„Ich hatte drei Bücher erwartet", erklärte er und hob das eine hoch, das sich in dem Versteck befunden hatte.

„Vielleicht sind es ja auch nicht wirklich die sibyllinischen Bücher? Oder es ist nur eines davon", überlegte Fay und entzog Julien ihre Hand. Der Schnitt war nicht tief, auch nicht weiter schlimm, nur dass es unangenehm brannte.

„Es ist nicht wichtig, ob es wirklich eine der verschollenen Prophezeiungen ist … es ist zumindest das, was wir finden sollten", stellte Lamar fest und schlug neugierig das Buch auf. Obwohl es dunkel war, konnten sie die fremdartigen Buchstaben deutlich erkennen. Die alten Seiten waren rissig und die Tinte stellenweise verblasst. Große und kunstvolle Initialen zierten die Seiten.

„Könnt ihr das lesen?" Fay blätterte ratlos durch die dicken Seiten.

„Nein. Cecil ist der Meister alter Schriften. In seinem

Wahnsinn scheint er fremde Sprachen und Schriften, ja sogar Hieroglyphen geradezu aufzusaugen."

„Was sollen wir dann damit? Wie sollen wir darin denn etwas finden?"

Fay schüttelte den Kopf. Die Zeit rann ihnen durch die Finger und sie waren der Lösung des Rätsels noch keinen Schritt weiter.

„Er kann nicht erwarten, dass wir in einem so dicken Wälzer eine bestimmte Zeile oder bestimmte Sätze finden, die seinem Spiel einen Sinn geben. Es muss einfacher sein", überlegte Julien und holte noch einmal den Brief des Wanderers hervor.

„Also das haben wir: das Wort der Schwestern der blinden Frau … Alessa, die Sibyllen, die sibyllinischen Schriften … so weit, so gut. Aber *welche Lippen sollen verstummen*, damit wir den Weg der Wahrheit beschreiten können?"

Julien nahm Lamar das Buch aus der Hand und staunte über das Gewicht. Lamar lachte.

„Der Buchdeckel ist aus einer Zentimeter dicken Steinplatte."

Als er es zuklappte, erstarrte Julien. Die Erhebungen und Vertiefungen in dem massiven Einband zeigten ein Bild, das er heute bereits einmal gesehen hatte.

„Der *Bocca della Verità*", flüsterte Fay, die ihm über die Schulter schaute und es ebenfalls erkannte.

Wie eine Miniatur des Abbilds der Flussgottheit, aus deren Mund sie am Morgen die Anweisungen des Wanderers entnommen hatten.

DIE VERSUCHUNG

◆

Chloé stand vor dem Spiegel im Badezimmer. Sie neigte den Kopf, um die dunklen Striemen zu betrachten, die ihr der Wanderer mit seinen Zähnen beigebracht hatte. Langsam ließ sie ihre Finger darübergleiten und fragte sich, was mit ihr eigentlich nicht stimmte.

Sie trug ein Kleid, das schon fast einer königlichen Robe glich. Es war purpurrot und nur unter der Brust gerafft, von wo aus es dann in weiten, eleganten Falten bis auf ihre Füße fiel. Sie könnte ihre Schultern mit einem passenden, dunkelroten Pelz bedecken, der noch auf ihrem Bett lag, aber sie weigerte sich, seine Besessenheit von diesem Material an ihr ausgelebt zu sehen.

Sie musste zugeben, dass dieses Kleid sogar noch schöner war als das vom Abend zuvor, weil sie nicht ständig Sorge haben musste, es würde zu tiefe Einblicke gewähren.

Das Blut stieg ihr in die Wangen, als sie daran dachte, dass er ihre Brüste nicht nur schon gesehen, sondern auch berührt hatte.

„Ich bin eine dumme Gans!", murmelte sie, als sie an die peinliche Reaktion ihres Körpers auf die ungewollte Berührung dachte. Aber, wenn sie ehrlich zu sich selbst war, erschien ihr ihre Reaktion eigentlich nicht wirklich unbegreiflich.

Es war sogar ganz einfach.

Sie war jung und unerfahren – und der Wanderer ein offensichtlich erfahrener Mann. Er sah auf unerklärliche Weise gut aus, obwohl er nicht versuchte, die tödliche Gefahr, die von ihm ausging, zu vertuschen. Stattdessen schien er seine gewissenlose Kälte für Macht zu halten.

Chloé zwirbelte sich eine Locke um den Finger und steckte sie, wie so oft, wenn sie grübelte, in den Mund.

Vielleicht war das ja sogar logisch. Wann immer sie die *Regeln der Gesellschaft*, wie Fay es nannte, überging, und sich irgendwo etwas zu essen stahl oder eine Brieftasche klaute, fühlte sie sich stark. Dann hatte sie der Welt den Stinkefinger gezeigt und sich gut gefühlt. Am Ende war ihr der Wanderer also sogar ähnlich. Für ihn schien es keine Regeln zu geben. Er nahm sich, was er wollte und fühlte sich – sie dachte an seine geschwollene Männlichkeit – offensichtlich gut damit.

Sie fuhr über den weichen, fließenden Stoff ihres Kleides und wusste, was er vorhatte. Er wollte sie kaufen! Wie der Teufel die Seele von Unschuldigen!

Sie hatte noch nie so teure Kleider getragen, nie … sie sah sich um und schüttelte über ihre eigenen Gedanken den Kopf. Nie solchen Luxus erlebt oder auch nur im Ansatz so gut gegessen. Es schien ihr nicht verlockend, zurück in die Gosse zu gehen, aus der sie und Fay kamen.

Sie hob die Hand mit dem Schnitt vor ihr Gesicht und leckte über die blutige Kruste, so, wie er es getan hatte. Der harte Schorf fühlte sich unter ihrer Zunge rau an und kitzelte ihre Unterlippe.

Mit einem Blick in die Augen ihres Spiegelbilds fragte sie sich, wieviel dem Teufel ihre Seele wohl wert sein mochte. Und wieviel war sie ihr selbst wert?

Du solltest öfter Gold tragen, hatte er gesagt. Chloé ließ die Kette, die sie immer noch trug, durch ihre Finger gleiten. Das Schmuckstück fühlte sich gut an. So besonders.

Er hatte recht. Sie *sollte* öfter Gold tragen, nur sah ihr Leben nicht so aus, als würde sie dazu allzu oft die Gelegenheit haben. Sie dachte an Fay und wie sehr sich diese selbst verabscheute, weil sie Nacht für Nacht für eine Handvoll lumpiger Scheine nackt vor irgendwelchen Perversen tanzte, die womöglich einen noch größeren Schatten hatten als der Wanderer.

Sie fiel Fay zur Last, konnte ohne die teuren Medikamente nicht arbeiten. Nicht einmal in der Bar, denn, selbst wenn jemand für den Anblick ihres mageren Gerippes bezahlt hätte, hätte Fay das niemals zugelassen. Aber sollte sie ihrer Schwester ihr ganzes Leben lang auf der Tasche liegen? Vielleicht würde ja auch Fay diesen unglaublichen Luxus genießen?

Waren ihre Gedanken, dem Wanderer zu geben, was er wollte, die einzig logische Schlussfolgerung für Mädchen, die aus so zerrütteten Verhältnissen kamen?

Langsam kratzte Chloé mit dem Fingernagel über den verheilenden Schorf, bis frisches Blut aus dem Schnitt quoll.

Sie saugte die Luft zwischen ihren Zähnen hindurch und pustete beruhigend auf die brennende Wunde.

Sie sehnte sich nach einem Leben, das nicht von der Willkür betrunkener Gaffer abhing. Nach Macht. Was für kranke Spiele auch immer der Wanderer spielte, die Macht, die er ihr so deutlich demonstrierte, war ohne Zweifel sexy.

„Chloé, Chloé, du kleine Teufelin", flüsterte es in diesem Moment hinter ihr, und sie fuhr erschrocken herum. Er stand in der Tür zu ihrer Suite und starrte sie an.

Ohne sie aus den Augen zu lassen, kam er näher und hob

ihre Hand an seine Lippen.

„Du hast nach mir gerufen?", fragte er und leckte ihr Blut.

„Niemals! Warum sollte ich das tun?", stritt Chloé die unsinnige Behauptung ab und war verwirrt, wie zart die Berührung seiner Zunge war, obwohl sein Griff um ihr Handgelenk beinahe schmerzte.

Er lachte kalt, ohne dass es seine Augen erreichte.

„Lügnerin!", raunte er und drehte ihr grob den Arm auf den Rücken.

Erschrocken schrie Chloé auf. Der Schmerz schoss ihr in die Schulter und zwang sie in die Knie.

Er drängte sich gegen sie und zog ihren Kopf an den Haaren nach hinten, sodass sie ihn ansehen musste.

„Ich hab dich nicht gerufen!", schrie sie panisch. Ein Ruck und er würde ihr den Arm brechen oder die Schulter auskugeln.

Er ließ ihre Hand los und packte stattdessen ihr Kinn. Er kam um sie herum, bis er dicht vor ihr stand.

„Warum blutest du, wenn nicht, um mich zu rufen? Du willst, dass ich komme und dein Blut koste! Du willst meinen Schwanz spüren und fragst dich, wann ich dich endlich damit pfähle! Denke nicht, dass ich das nicht erkenne, Chloé – und der Tag wird kommen, an dem du dir das auch eingestehst. Bis dahin denke besser nicht, dass du mein Spiel beherrschst!"

Chloé unterdrückte die Tränen, die aus einfachem Schmerz geboren waren, und entwand ihr Kinn seinem Griff.

Sie sah ihn an und lächelte grimmig.

„Wenn ich das Spiel nicht beherrsche … warum bist du dann hier? Warum kommst du dann … wenn ich dich rufe?"

Sie schloss die Augen vor dem Schlag, den sie erwartete.

„Der Tag wird kommen, *Arschloch*, an dem du die Antwort darauf erkennst!"

Jeder Atemzug rasselte in ihrer Brust, und sie fühlte, wie unzureichend ihr Körper mit Sauerstoff versorgt wurde. Ihre Lippen kribbelten, ihre Hände waren kalt und feucht. Sie hielt die Luft an, denn sie fürchtete seine Wut. Wo blieb der Schlag? Wann würde der Schmerz sie niederstrecken? Sie wagte nicht, ihn anzusehen.

Als weitere Sekunden vergingen, hob sie vorsichtig ein Lid. Sein Blick ruhte auf ihr, und das Verlangen darin ließ sie erstarren. Er lächelte eisig.

Ohne Worte zog er sie auf die Füße, und Chloé war nicht in der Lage, sich zu wehren. Er würde sie umbringen, dessen war sie sich nach diesem Blick sicher. Sie versuchte, ihr hilfloses Weinen hinunterzuschlucken, aber es gelang ihr nicht.

Er führte sie durch die Suite bis zu der Tür, die sie ganz bewusst vermieden hatte, anzusehen. Die Tür zum Spiegelzimmer.

„Nein!", rief sie, als ihr Überlebenswille ihre Furcht für einen Moment übertraf. „Lass mich los!"

Sein Griff war erbarmungslos, und seine Kraft machte aus ihrem Kampf einen Witz, als er sie hinter sich in den Raum ihrer Niederlage brachte.

Kaum schloss sich die Tür hinter ihnen, ließ er sie los und stieß sie von sich. Chloé taumelte, fiel aber nicht, und so brachte sie sich hinter dem Glastisch in Sicherheit.

Entsetzt beobachtete sie, wie er alles bis auf die enge Hose auszog.

„Wir haben für diese Lektion leider nicht viel Zeit, süße Chloé, aber ich bin sicher, du wirst schnell lernen."

Er trat an den Tisch, ihr gegenüber und verzog amüsiert

die Lippen.

„Ich will, dass du mich ansiehst", flüsterte er und stützte sich auf die Tischplatte.

„Was?"

Sie war verwirrt. Sie bekam kaum Luft, und jeder Pulsschlag hämmerte ihr in den Ohren.

„Bei drei Dingen will ich deine Augen sehen, Chloé!", erklärte er ruhig.

„Wenn ich dich schlage … wenn ich dich ficke … und wenn ich dich töte."

Er lachte, und seine Augen blitzten auf. Seine Fäuste krachten auf die Glasplatte, sodass diese in Millionen kleinster Scherben zerbarst, die sich wie ein Diamantenregen über den schwarzen Boden ergossen.

Sie schrie, aber schon war er bei ihr und packte sie an den Oberarmen. Sein Mund war an ihrem, als er flüsterte:

„Und nun, Chloé … sieh mich an."

DIE GROßE BÜHNE

———◆———

Atemlos erreichten Julien, Fay und Lamar den Ort, an dem vor etlichen Stunden ihre Suche nach dem Wanderer und Chloé begonnen hatte.

„Du denkst, *der Schwestern Wort lässt die Lippen verstummen*, bedeutet, wir müssen das Buch, das vielleicht das *Wort der Sibyllen* enthält – in den Mund der Wahrheit legen?", versicherte sich Fay ein weiteres Mal, denn je öfter sie darüber nachdachte, umso unsinniger klang das.

„Sind dir heute – abgesehen von Juliens – noch andere Lippen begegnet?", fuhr Lamar sie wütend an und riss seinem Freund ungeduldig das Buch aus der Hand.

„Nein! Verdammt!", rief sie ebenso zornig. „Aber ich fürchte, wir drehen uns im Kreis! Warum dieses ganze Theater, wenn wir jetzt wieder genau an diesem beschissenen Ort stehen? Wozu? Siehst du ihn vielleicht? Siehst du Chloé?"

Sie schüttelte hilflos den Kopf.

„Ich glaub einfach, dass wir hier falsch sind! Wir vergeuden wertvolle Zeit! Schreibt er nicht, dass wir ihn um Mitternacht auf der *größten Bühne Roms* treffen sollen? Das ist in einundzwanzig Minuten. Rom ist riesig und hat sicher mehr als ein Theater, oder?"

Sie sah Julien flehend an.

„Was, wenn wir ihm das Buch einfach nur bringen

sollen?"

Julien nahm sie an der Hand und führte sie einige Schritte weg.

„Fay, beruhige dich." Er hauchte ihr einen Kuss auf den Scheitel und schloss sie fest in seine Arme.

„Wir haben es fast geschafft. Wir sind hier – haben das Buch bei uns, und, auch wenn ich selbst noch nicht weiß, warum der Wanderer diesen Weg gewählt hat, bin ich sicher, dass nichts von dem, was wir heute getan haben, ein Zufall war. Wir sind hier, weil er uns genau hier haben will. Wir sind hier, weil wir alles tun, um Chloé zu retten – und nachdem wir den ganzen Tag taten, was er wollte ... weiß er das leider auch."

„Kommt ihr jetzt?", fragte Lamar und hielt das Buch bereit, um es dem Mund der Wahrheit zwischen die Lippen zu legen.

„Tu es", bestätigte Julien und küsste Fay noch einmal. „Wenn wir falsch liegen, sehen wir es ja gleich. Dann ..." Er brach ab, denn Lamar schob das Buch aus dem Apollon-Tempel langsam in die ebenso große Öffnung. Es war erstaunlich, wie perfekt es passte. Das Buch verschwand vollständig im Mund der Wahrheit, als das Stück Stein zwischen Nase und Mund sich mit einem lauten Krachen herabsenkte, sodass sie das Buch nicht wieder herausnehmen konnten.

„Und jetzt?", rief Fay. „Scheiße, was machen wir jetzt?"

Sie riss sich von Julien los und ging wütend auf Lamar los.

„Wir haben das Buch verloren, kommen zu spät und haben außerdem keine Ahnung, wo wir hinmüssen! Oder bist du zufällig ein Fan von Opern und Theatern und weißt, welches die größte Bühne hat?"

Lamar zuckte mit den Schultern und warf Julien einen

entschuldigenden Blick zu, als er Fays Hand abfing, die nach ihm schlagen wollte.

„Wer mir so nahe kommt wie du … will normalerweise mit mir ins Bett. Steht dir danach der Sinn, oder willst du vielleicht lieber doch deine Schwester retten?", fragte er, und sein Blick warnte Julien davor, sich einzumischen.

„Du Arsch! Du vergeudest nur unsere Zeit!", spie sie ihm entgegen und versuchte, sich loszureißen, aber Lamar gab nicht nach.

„Lamar!", warnte Julien.

„Ich vergeude deine Zeit? Dann schlage ich vor, du steckst deine zarten Finger in diesen Spalt und ziehst den Metallstift heraus, der nun dort zu sehen ist. Dann werden wir sicher auch den Rest verstehen, denn wir sind hier genau richtig! Die größte Bühne Roms … nun, was fällt euch denn zu *groß* ein? Vielleicht *Maximus*? Die größte Bühne Roms – der *Circus Maximus*? Wie es der Zufall will, beginnt der genau hinter dieser Kirche … aber vielleicht ist das ja auch kein Zufall, Fay."

Er schob ihre Hand in den sichtbar gewordenen Spalt, und sie tat, nachdem sie einmal zur Beruhigung tief Luft geholt hatte, wie geheißen. Es war nicht schwer, den Stift zu bewegen, und sie spürte den Widerstand, als ein Mechanismus ausgelöst wurde. Im nächsten Moment senkte sich ein Stück des Bodens direkt vor dem runden Bildnis ab.

Sie wichen zurück, und Julien wechselte einen wütenden Blick mit Lamar, der Fay mit einem selbstgefälligen Grinsen losließ.

„Und er schreibt auch nicht *auf der Bühne* … sondern *unter*!"

Mit einer Verbeugung trat Lamar beiseite und deutete auf den finsteren Geheimgang, der sich vor ihnen auftat.

„Nach euch!"

Schier endlose Stufen wanden sich in die Tiefe, und mit jedem Schritt, den sie taten, schwand der letzte Schimmer Mondlicht. Sie stiegen in absolute Schwärze hinab. Fay zitterte am ganzen Körper. Die Luft hier unten war eisig und feucht, der glitschige Boden unter ihren Füßen schien von Moos überzogen, und in ihrer Fantasie wimmelte es hier von Schlangen oder Ratten.

Eine Zigarette hätte ihren Nerven jetzt gutgetan. Sie kramte in ihrer Hosentasche nach dem Feuerzeug und war froh, als die kleine Flamme das Gewölbe zumindest ein wenig erhellte.

„Sieh mal hier ... eine Fackel!"

Lamar nahm Fay das Feuerzeug ab, um die scharf riechenden, eng gerollten Tücher in der Halterung an der Wand zu entzünden. Im flackernden Fackelschein gingen sie weiter.

Julien reichte ihr eine Hand, dabei bemerkte sie die Klinge, die er in der anderen hielt. Auch Lamar hinter ihr hielt die glänzenden Schneiden in den Händen. Seine Haltung hatte sich verändert. Aus dem kräftigen Mann, der eben noch neben ihr gestanden hatte, war allein durch das angespannte Spiel seiner Muskeln und den konzentrierten Blick ein bedrohlicher Krieger geworden.

„Scheiße, wo sind wir hier?", flüsterte Fay, aber ihre Worte hallten dennoch gespenstisch laut durch den steinigen Tunnel.

„Das muss ein Teil des alten Abwassersystems sein", vermutete Julien und deutete auf eine von Steinen und Lehm verschlossene Abzweigung.

An der Wand sickerte Wasser in einem stetigen Rinnsal herab, und ihre Schuhe schmatzten, als sie auf dem feuchten Untergrund weitergingen.

„Mir ist das nicht geheuer!", gestand Fay und rieb sich die Gänsehaut an den Armen.

In den tanzenden Schatten, welche die schwachen Flammen an die Wände warfen, glaubte sie, die unheimlichsten Kreaturen zu erkennen, und selbst die Nähe zu Julien reichte diesmal nicht, sie zu beruhigen.

Der Tunnel verlief weiter bergab, wurde schmaler, dann wieder ein Stück breiter, und die Luft roch immer muffiger und älter.

Schweigend schlichen sie voran, bis sich der Gang zu einem regelrechten unterirdischen Platz ausweitete. Von irgendwo über ihnen fiel blasses Licht herein, aber sie konnten die Decke des Gewölbes nicht erkennen.

Lamar drehte sich im Kreis und sah nach oben, während Julien dem Weg weiter folgte.

„Was macht er? Kommt er nicht mit?", fragte Fay. Er legte seinen Finger auf die Lippen, um ihr zu zeigen, dass sie leise sein sollte.

Julien kam näher und flüsterte ihr ins Ohr.

„Diese Stelle könnte früher ein großer Kanal gewesen sein. Vielleicht ein Straßenabfluss. Das Licht zeigt, dass es dort einen Weg nach draußen geben könnte."

Er zwinkerte. „Oder herein, je nachdem wie man es sieht. Lamar passt auf, dass uns von dort keiner in den Rücken fällt."

Fay drehte sich um, aber der Krieger war bereits mit der Dunkelheit verschmolzen.

„Vertraust du ihm?", fragte sie zögernd, während sie den Tunnel hinter sich nach seiner Gestalt absuchte.

Julien fuhr sich durchs Haar und zog sie mit sich in den Schatten an der Tunnelwand.

„Wenn man überall Feinde hat, Fay … vertraut man

kaum noch jemandem. Wenn man aber niemandem mehr vertraut, weiß man am Ende nicht mehr, für was man überhaupt kämpft."

Fay spürte, wie er den Kopf wandte, als blicke er selbst zurück in den Tunnel.

„Lamar ist nicht einfach. Die Jahrhunderte haben nicht nur ihn immer wieder an unserer Mission zweifeln lassen, sondern jeden von uns irgendwann an einen Punkt gebracht, an dem man zwischen Sinn und Unsinn nicht länger unterscheiden kann. Ich spüre seine Unruhe, Fay, aber er ist mein Bruder – und wenn ich ihm nicht vertrauen kann, dann niemandem."

Er nahm ihr das Feuerzeug aus der Hand und trat zurück in die Mitte des Tunnels. Dann leuchtete er ihnen den Weg, der nun, so weit von der Fackel entfernt, wieder so dunkel war wie am Anfang. Fay verlor keine Zeit, ihm zu folgen. Nach einigen Metern machte der Kanal eine Biegung und fand sein abruptes Ende an einem großen Gitter, das den gesamten Durchgang versperrte.

Julien rüttelte an den Metallstäben, aber nichts geschah.

„Was jetzt?", fragte Fay, als die Glocken der Kirche zur Mitternacht läuteten.

Als wäre dies das Signal gewesen, stiegen jenseits des Gitters zwei Feuersäulen bis an die Gewölbedecke und offenbarten ihnen eine verborgene Krypta.

Zwischen den Flammen stand der Wanderer. Er hatte die Arme zur Seite gestreckt wie eine Parodie auf den gekreuzigten Jesus. In den ledernen Gurten an seinem Körper steckten mehrere rubinrote Klingen.

Schließlich applaudierte er und verneigte sich vor Julien und Fay, die sich ihm aufgrund des Gitters nicht nähern konnten.

„Colombier, alter Freund, du bist meiner Einladung also

gefolgt", stellte er fest und trat beiseite, um ihnen den Blick auf Chloé zu gestatten, die mit nach oben gereckten Armen in Ketten an der Wand hinter ihm hing.

„Chloé!", schrie Fay panisch und riss an den Gitterstäben.

„Du Schwein! Was hast du mit ihr gemacht?", brüllte sie und schlug gegen das Metall.

Das kalte Lachen des Wanderers hallte dämonisch durch das unterirdische Verlies und zerrte an Fays Nerven. Sie weinte und schlug nach Julien, als der versuchte, sie zu beruhigen.

„Was willst du?", fragte dieser und deutete mit einem Nicken auf Chloé. „Warum dieses Theater?"

„Es gefällt mir, dich hilflos zu sehen", schlug der Wanderer vor und grinste diabolisch.

„Was lässt dich glauben, ich sei hilflos?", fragte Julien und schob Fay entschlossen hinter seinen Rücken.

„Bist du es denn nicht? Beschreibe mir, was du fühlst, wenn du das siehst", rief er lachend, drehte sich um und hob Chloés Gesicht an.

Fay schnappte nach Luft und presste sich die Hand auf den Mund, als sie die geschwollenen Lippen, die aufgeplatzte Augenbraue und das lila verfärbte Jochbein ihrer Schwester sah.

Julien biss die Zähne zusammen und fasste die Klingen fester. Fay sah die Mordlust, die ihm ins Gesicht geschrieben stand, weil er wusste, was dieser Psychopath meinte. Er war hilflos. Hilflos in seiner Wut und hilflos, zusehen zu müssen, als der Unsterbliche Chloé auf die Lippen küsste.

„Hör auf, du Wichser!", brüllte Fay. „Lass sie gehen!"

Tatsächlich tat er, was Fay verlangte, aber das Leuchten in seinen Augen verriet, dass das Spiel genau nach seinem

Plan verlief.

Er lachte und stellte sich wieder so hin, dass die Frau kaum hinter ihm zu sehen war.

„Keine Sorge, die süße Chloé und ich … wir … fangen gerade an, ein wenig Spaß miteinander zu haben."

Fay weinte und drängte sich an die Metallstäbe.

„Hör zu!", schrie sie verzweifelt. „Nimm mich, und lass sie gehen. Sie ist krank und unschuldig!"

„Fay!", knurrte Julien wütend und zog sie vom Gitter weg. „Hör auf! Ich werde nicht zulassen, dass du dich ihm anbietest! Sei jetzt still und sieh nicht hin, wenn du es nicht ertragen kannst, denn deine Reaktion ist genau das, was er will!"

„Aber er bringt sie um!", rief Fay und wischte sich die Tränen von der Wange.

Julien packte ihre Arme und zwang sie, ihn anzusehen.

„Ja, das tut er, weil ihm dein Schmerz gleich doppelt so viel Lust bereitet. Also reiß dich zusammen! Chloé wäre längst tot, wenn es nicht etwas gäbe, dass er von uns haben will."

Als Fay nickte, strich er ihr die Haare aus dem Gesicht. Sein Blick versprach Zuversicht.

„Meine Hilflosigkeit ist dir diesen Aufwand wert?", fragte Julien höhnisch und lehnte sich lässig gegen das Gitter. „Du wirst verstehen, wenn ich das für unwahrscheinlich halte."

„Dir macht man nichts vor, Colombier. In der Tat ist deine Schwäche nur ein zusätzlicher Reiz – wo ihr Hüter doch ansonsten so … unantastbar seid."

„Was willst du also?"

Der Wanderer strich sich über den Pelz an seinem Kragen und kam näher an die rostigen Eisen. Seine Augen hefteten sich auf Fay.

„Zieh dich aus!", raunte er ihr zu, aber Julien schob sie wieder hinter seinen Rücken.

„Bedaure – das ist keine Option!"

Mit einem Schulterzucken wandte er sich um und ging zurück zu Chloé. Die Klinge seines Rubindolchs durchtrennte den Stoff ihres Kleides, und er ließ seine Hände genüsslich über ihren Körper wandern, als er ihr die Fetzen abstreifte.

Fay sank heulend zu Boden, und diesmal war es Julien, der in einer hilflosen Geste mit der Faust gegen die Gitterstäbe schlug.

Befriedigung zeigte sich im Blick des Wanderers, als Julien mit Entsetzen sein Werk betrachtete. Die einzelnen Bissmale an Chloés Brüsten, ihrem Bauch und der Innenseite ihrer Schenkel zeichneten ihm ein deutliches Bild dessen, womit dieser sich den Nachmittag vertrieben hatte.

„Was willst du?", rief Julien. „Sag es, oder wir gehen!"

„So schwer ist das nicht, oder? Was könntest du haben, das ich begehre?"

„Das Elixier?"

„Naheliegend. Ja, ich will die *Wahrheit*."

„Wozu?", fragte Julien, und seine Gedanken rasten. Es war unmöglich, diese Forderung zu erfüllen, aber er zweifelte keine Sekunde daran, dass Chloé die Nacht nicht überleben würde, falls …

„Es gibt einige, die mir einen guten Preis für ein wenig Unsterblichkeit zahlen würden", schlug er vor. „Aber vielleicht …"

Seine Hand glitt über Chloés Taille, und er leckte ihren Hals, während er Fay und Julien nicht aus den Augen ließ.

„… vielleicht verlangt es mich einfach nach einer … *unzerstörbaren* Gespielin."

Stöhnend hob Chloé den Kopf, und ihr flehender Blick schien ihre Schwester zu durchbohren.

„Fay", keuchte sie schwach.

„Niemals!", schrie Fay und streckte Chloé ihre Hände durch die Gitter entgegen. „Du kranker Bastard! Du wirst sie in Ruhe lassen!"

Julien zeigte sich von Fays Ausbruch unbeeindruckt und schüttelte entschieden den Kopf.

„Unmöglich!", stellte er klar. „Du weißt genau, dass ich dir niemals die *Wahrheit* überlassen würde."

„Du nimmst ihren Tod in Kauf?", fragte der Wanderer sichtlich überrascht, und Julien nickte.

„Das muss ich dann wohl."

„Was?", rief Fay und stieß ihn in die Seite. „Bist du verrückt? Du musst ihm geben, was er will, und er muss dafür Chloé freilassen."

„Hör auf das Weib, Colombier!", riet der Wanderer und sah ihn eindringlich an.

„Nein", wiederholte Julien seinen Standpunkt vor seinem Gegner. „Es wundert mich, dass du glaubst, das Leben einer Unbekannten wäre ein verhandelbares Pfand für das Elixier."

„Das Leben einer Unbekannten?", kreischte Fay hysterisch. „Was du so leichtfertig abtust, ist das Leben meiner Schwester!"

Julien packte Fays Faust, als sie ihn schlagen wollte, und sah sie kalt an.

„Wenn er eine Summe fordert, Fay – werde ich sie begleichen. Jede Summe. Es ist bei Weitem nicht so, dass ich leichtfertig bin, aber was er verlangt, kann ich nicht erfüllen!"

Fay sah ihn an. Enttäuschung, Entsetzen und Ungläubigkeit spiegelten sich in ihren Augen wider, als sie mit zitternder Stimme und tränenüberströmt widersprechen wollte.

Julien ließ ihr dazu keine Gelegenheit.

„Ich habe dir gesagt, dass du mich nicht als etwas sehen sollst, das ich nicht bin."

Der Schmerz, der über Fay zusammenschlug, ließ sie taumeln, und sein gemurmeltes „Es tut mir leid" glich einer Ohrfeige, als sie den Gang entlang floh, den sie mit ihm zusammen voll Hoffnung auf ein gutes Ende gekommen war.

Das alles konnte nicht wirklich geschehen! Sie japste nach Luft. Die Enttäuschung war bitter wie Galle. Sie ertrug es nicht, ihre kleine Schwester – den einzigen Menschen auf dieser Welt, der zu ihr gehörte und sie wirklich liebte – so zu sehen! Sie presste ihre Augen zusammen, um die furchtbaren Bilder zu vertreiben, als sie gepackt und festgehalten wurde.

„Fay!", flüsterte es nah an ihrem Ohr. „Was ist los? Wo ist Juls?"

Lamar hielt ihr die Klinge an die Kehle, sein Blick war undurchdringlich.

„Was soll das? Lass mich los! Lasst mich alle einfach in Ruhe!", schrie sie und schlug nach seinem Arm mit dem Dolch.

Lamar nahm ihn herunter und schüttelte den Kopf.

„Entschuldige ... Vorsicht ist besser als Nachsicht. Und jetzt hör auf zu heulen und sag mir, was los ist. Habt ihr ihn gefunden? Was ist mit deiner Schwester, und wo ist Juls?"

„Dieser Heuchler! Er sieht tatenlos zu, wie dieses kranke Schwein meine Schwester misshandelt, und weigert sich trotzdem, ihr zu helfen!"

Ohne weitere Worte zog Lamar Fay hinter sich zurück in die Krypta und trat hinter Julien.

„Was fordert er?", fragte er seinen Freund und betrachtete entsetzt die Male und Blutergüsse an Chloés Körper.

„Die *Wahrheit* – er will sie zu seiner Gespielin machen!", erklärte Julien tonlos.

Lamar trat ans Gitter, und seine durchdringend stahlblauen Augen brannten sich in den Rücken des Wanderers, der vollkommen zufrieden zu sein schien mit den Entwicklungen um ihn herum. Er stand zwischen den Feuersäulen und betrachtete dabei Chloé wohlwollend.

„Wenn wir dir das Elixier verschaffen ...", rief Lamar. „... wirst du uns Chloé überlassen. Lebend!"

„Was redest du da?", fluchte Julien, und sein Blick sollte Lamar daran erinnern, dass es seine Befehle waren, die befolgt wurden.

„Wir werden ihm die *Wahrheit* nicht geben!"

„Streit unter Brüdern?", fragte der Wanderer ironisch und streichelte den Pelz an seinem Kragen.

„Du kannst nicht beides haben, also entscheide dich – die Frau oder das Elixier!", verhandelte Lamar, als hätte er Juliens Einspruch nicht gehört.

„Wie egoistisch ihr doch seid!", gab der Wanderer zurück und trat neben Chloé.

„Seht sie euch doch an ... ist sie nicht perfekt? ... Und doch so ... verletzlich in ihrer sterblichen Hülle."

Sein Blick suchte Fays.

„Ihre Atemnot ... wirklich furchtbar, mit anzusehen, wie sie droht, zu ersticken. Wie sie zu Boden sinkt, ihre Lippen, so kalt und blau in ihrer Pein zu einem stummen Schrei geöffnet ..."

Fay wusste – er hatte ihre Schwester so gesehen. Und sie wusste, es hatte ihm gefallen. Sie presste sich die Hände vor den Mund, um ihr Schluchzen zurückzuhalten, denn diese

Befriedigung wollte sie ihm nicht auch noch verschaffen.

„Was ich ihr geben würde, wäre ewige Jugend und Schönheit ... und ein Ende dieses immer wiederkehrenden Kampfes."

Er streichelte Chloés Wange, wie die eines Kindes.

„Warum seid ihr nur so grausam, ihr das nehmen zu wollen?"

„Entscheide dich!", gab Lamar unbeeindruckt zurück. „Du bekommst den Rubin – mit genau einem Tropfen Elixier! Für was auch immer du es verwenden willst! Aber – du wirst Chloé nie wieder anrühren! Du wirst den Stein nehmen und in der Versenkung verschwinden. Denn, wenn wir dich finden, pflastern wir dir den Weg in die Hölle mit Rubinen", erklärte er kalt und rieb sich über den rasierten Teil seines Schädels, so, als würde er am liebsten sofort seine Drohung wahr machen.

„Lamar!", warnte Julien seinen Freund böse und packte ihn an der Schulter. „Wir verhandeln nicht mit ihm! Wir sind die Hüter der *Wahrheit*. Unser ganzes Leben lang haben wir versucht, zu verhindern, dass jemand das Elixier in die Hände bekommt! Du weißt, was passieren kann!"

Lamar zog ihn ein Stück beiseite und flüsterte: „Es ist ein Tropfen, Juls! Damit kann er keine Armee erschaffen!"

Er drehte Juliens Gesicht, sodass dieser das misshandelte Mädchen in den Ketten ansehen musste.

„Ich bin der Letzte, der das tun will, Bruder, aber sieh dir die Kleine doch an! Du kannst sie ihm nicht überlassen!"

Julien schüttelte den Kopf. Im Feuerschein leuchteten die Würgemale an Chloés Kehle beinahe schwarz, und der Abdruck von Zähnen ließ Übelkeit in ihm aufsteigen. Zu deutlich erinnerte er sich an Marzias vernarbten Rücken, als dass er hätte glauben können, das Ende dessen, wozu der Wanderer fähig war, sei schon erreicht.

Fay weinte um ihre Schwester, und ihr Schmerz fraß sich wie Säure in sein Herz, aber wie konnte er seinen eigenen Gefühlen gestatten, solchen Einfluss auf seine Entscheidungen zu nehmen?

„Juls!", riss ihn Lamar aus seinen Gedanken. „Bei meiner Ehre, Bruder, wenn das Mädchen in Sicherheit ist, holen wir uns den Schweinehund!"

Langsam drehte sich Julien zu Fay um, deren verächtlicher Blick ihm wehtat, und nickte.

„Du hast es gehört!", rief er und trat zurück an die Gitter. „Wie ist deine Antwort?"

Der Wanderer grinste und bleckte dabei die Zähne.

„Schön! Bringt mir den Rubin übermorgen Mittag. Zum Petersplatz. Das Herz der katholischen Kirche scheint mir der ideale Ort, um die *Wahrheit* zu empfangen", erklärte er lächelnd und wandte sich Chloé zu.

Er drängte sich an ihren nackten Körper und küsste sie. Erst zärtlich, dann hart. Als er von ihr abließ, glänzte ihr Blut an seiner Lippe. Er löste die Ketten, und sie sank ihm kraftlos in die Arme. Wie ein Bräutigam seine Braut hob er sie hoch. Ihr Kopf fiel gegen seine Brust.

Fay rüttelte an den Gittern. Sie wollte nicht zusehen, wie er mit ihrer Schwester auf dem Arm davonging.

„Chloé!", brüllte sie wieder und wieder, bis Julien sie am Arm berührte.

„Riecht ihr das?", fragte er und atmete tief ein.

„Scheiße!", brüllte Lamar und sah sich um. Der Geruch kam aus dem Kanal, über den sie gekommen waren, und wurde immer stärker. „Benzin!"

„Raus hier! Und zwar schnell!", rief Julien und deutete auf die beiden Flammensäulen, die züngelnd darauf warteten, sich durch den ganzen Stollen zu fressen.

AUF PELZ GEBETTET

---◆---

E r öffnete bedächtig Schnalle um Schnalle an seiner Brust und streifte sich das Leder ab, das wie eine zweite Haut seinen Körper umhüllte.

Sein Blick hing an Chloé, die nackt vor ihm auf dem Bettüberwurf aus Silberfuchsfell lag. Sie erwachte langsam aus der Apathie, die das starke Beruhigungsmittel verursacht hatte, das er ihr gegeben hatte. Es gefiel ihm nicht, dass sie so passiv war, weil es jedes ihrer Gefühle dämpfte. Angst, Schmerz und ihre ach so süße Wut waren überlagert von der Wirkung der Droge, und dabei verlangte es ihn drängend danach, sie zu besitzen.

Er legte sich neben sie und fuhr die Spuren nach, die er auf ihren Leib hinterlassen hatte. Die aufgeplatzte Augenbraue, die blutige Lippe und den Bluterguss an ihrer Wange. Ein erregtes Keuchen kam über seine Lippen, als er an das Gefühl seiner Faust auf ihrer zarten Haut dachte. Sie hatte ihn – wie verlangt – angesehen, und er hatte zugeschlagen. Natürlich hatte er das. Mit ihrer Frechheit hatte sie ihn schließlich darum angefleht. Und sie hatte ihn ganz bewusst herausgefordert. Sie hatte seine Begierde entfesselt, so wie er ihre.

Er ließ seine Hand zwischen ihre Beine gleiten und fand ihre empfindlichste Stelle. Er umkreiste sie und strich darüber, bis ihm Chloé ihr Becken entgegenwölbte.

Sie sah ihn an, und – wie zuvor an diesem Tag – ertrug sie die Qual, als er seine Zähne in ihren Schenkel grub, um der Lust willen, die er ihr bereitete. Sie keuchte vor Schmerz und stöhnte zugleich unter seiner intimen Berührung, die sie immer weiter an den Rand der Ekstase trieb. Doch ihre Erfüllung hatte einen Preis, und so zog er seine Hand zurück und fuhr mit der Zunge über die Bissspur an ihrer Brust bis zu ihren kleinen Nippeln.

„Hat es dich erregt, Chloé, dass die Hüter dich angestarrt haben, so nackt, wie du warst?", hauchte er auf ihre Brust und saugte diese zwischen seine Lippen.

„Ich glaube, das hat es …", murmelte er.

„Erregt?", fragte sie noch immer schwach, aber verächtlich. „Nein! Ich habe mich geschämt!"

Er lachte und fuhr ihr erneut zwischen die Beine.

„Warum? Weil du fürchtest, sie könnten dir ansehen, wie viel Spaß du mit mir hast?", fragte er und ließ seinen Finger über ihren feuchten Schoß gleiten. Mit einer Hand packte er ihre Kehle, bog ihren Kopf nach hinten und spürte, wie ihre Angst mit ihrer Lust rang, als er anfing, sich zu bewegen.

„Du hast doch Spaß, Chloé, oder etwa nicht?", fragte er und leckte ihre Lippe. Er spürte ihre wachsende Unruhe. Sie hob ihr Becken, um seine Marter zu verstärken, und ihr Puls hämmerte rasend schnell unter seiner Hand an ihrer Kehle.

„Sag es, Chloé … hast du Spaß?", verlangte er und hielt in seiner Bewegung inne, weil er genau wusste, dass es nur noch eines gab, das sie ersehnte.

Sie schloss ihre Schenkel, um seine Hand an ihrer heißen Mitte zu halten, und sah ihn an. Er grinste. Diese Lektion hatte sie also gelernt.

„Ja!", keuchte sie und hob sich seinen Fingern entgegen.

Er lachte und biss ihr in den Hals, während er ihr die Erleichterung verschaffte, die sie sich nur so schwer eingestehen konnte.

Er schmeckte ihren Höhepunkt in ihrem Schweiß und triumphierte, als sie ihre Hände in seinen Rücken grub.

Chloé war nur ein Werkzeug, um seine wahren Ziele zu erreichen, aber wenn dieses Spiel erst vorbei war ... dann würde sie ihm gehören!

VERGEBUNG

Zurück in Alessas Haus hatte sich Fay in das Zimmer eingesperrt, in dem sie mit Julien zwei wundervolle Nächte verbracht hatte, und weinte sich die Seele aus dem Leib.

Sie konnte nicht fassen, dass ausgerechnet Lamar Julien dazu hatte bringen müssen, dem Handel des grausamen Entführers zuzustimmen.

Warum war er nicht selbst bereit gewesen, alles für ihre Schwester Chloé zu geben? *Wie kann er mir nur so wehtun?*

Natürlich hatte er sie gewarnt. Sich sogar immer wieder vor ihr zurückgezogen. Aber tief in ihrem Herzen hatte sie doch von Juliens Liebe geträumt und geglaubt, er würde ihre Gefühle teilen.

Fay wischte sich die Tränen ab und zog sich die Decke bis über die Schultern, als es an der Tür klopfte.

„Verschwinde!", brüllte sie und vergrub sich noch tiefer.

„Fay?", fragte Alessa von der anderen Seite der Tür. „Fay, willst du nicht mit mir sprechen?"

„Nein! Sag Julien, er kann mich mal!"

„Ich bin nicht hier, weil er mich schickt", stellte die alte Frau klar. „Bitte, mach auf!"

Mit einem Fluch schwang Fay ihre Beine aus dem Bett und öffnete die Tür.

„Was? Was ist denn? Sollst du mich beruhigen? Ist er

nicht Manns genug, sich mir persönlich zu stellen?"

„Unsinn! Ich bin nicht in seinem Namen hier. Abgesehen davon hättest du ihm nicht geöffnet, hätte er sich aussprechen wollen, nicht wahr?"

Fay schnaubte, und Alessa lächelte wissend.

„Du zürnst ihm?"

„Er ist ein Arschloch!", stellte Fay klar.

„Julien Colombier ist ein guter Mann. Vielleicht hat auch er Fehler, aber dennoch ist er ein guter Mann."

„Bist du also doch hier, um ihn zu verteidigen?"

Alessa zuckte mit den Schultern.

„Es sieht ganz danach aus, ja. Aber an sich wollte ich sehen, wie es dir geht."

Fay starrte sie mutlos an. „Alessa, mein Leben ist eine Aneinanderreihung von Katastrophen, und ich fühle mich genauso beschissen wie an jedem anderen Tag!"

Die alte Frau setzte sich neben Fay auf die Matratze und griff zielsicher nach ihrer Hand, als könnte sie sehen.

„Ich spüre die Last, die auf deinen Schultern liegt, Fay. Du trägst hart an deinem Leben. An den Entscheidungen, die du zu treffen gezwungen warst, und an dem Weg, den du tagtäglich beschreitest."

Fay nickte. Alessa hatte recht. Oft fragte sie sich, ob sie es heute besser haben könnten, wenn sie nicht versucht hätte, Chloé aus der Nähe ihres gewalttätigen Vaters zu retten? Ob sie dann heute einen Beruf hätte, in dem sie ihre Kleidung anbehalten könnte? Nach jedem Tanz vor fremden Männern überlegte sie, wie ihre Zukunft wohl aussehen würde, wenn es ihr nicht gelingen sollte, noch einen anderen Weg einzuschlagen.

Sie hatte ihr eigenes Leben weggeworfen für das Wohl ihrer kleinen Schwester. Chloé war der einzige Sinn in ihrem traurigen Dasein, darum schmerzte Juliens Verrat so

sehr. Als wäre das einzig Wertvolle in ihrem Leben ...
vollkommen wertlos im Vergleich zu seiner ach so heiligen
Mission!

Fay spürte die Tränen über ihre Wange perlen und
schniefte. Zum Teufel mit dem Kerl!

„Aber du bist nicht die Einzige mit Verantwortung,
meine Liebe", fuhr Alessa leise fort, so, als habe sie Fays
Gedanken gelesen. „Auch Julien trägt schwer an der Last
seiner Entscheidungen. Und das seit vielen Jahrhunderten!"

„Pah!"

„Du musst ihm nicht vergeben, wenn er dir Schmerz
bereitet hat, aber du solltest versuchen, zu verstehen,
warum er das tat. Ich bin blind, dennoch sehe ich, dass es
ihn zerreißt, nicht der Mann sein zu können, der er für dich
sein möchte."

Fay schwieg – nicht bereit, ihm ein Zugeständnis zu
machen.

Alessa führte Fays Hand an ihre blinden Augen.

„Julien musste mit ansehen, wie man seinem besten
Freund Gabriel für das Geheimnis der *Wahrheit* das Herz
aus der Brust riss. Wie man dessen Kind raubte und wie aus
diesem Kind ...", Alessa schluckte, „... wie aus mir eine
Waffe wurde, die sich gegen sie richten sollte. Er musste
tatenlos danebenstehen, als ich mich entschied, dass das
Versteck und die Sicherheit der *Wahrheit* wichtiger waren als
mein Augenlicht."

Sie küsste Fay zart auf die Hände.

„Er würde unser aller Opfer verraten, wenn er nun allein
seinen Gefühlen für dich folgen würde, ohne an die
Konsequenzen zu denken."

Fay war wie vor den Kopf gestoßen. Natürlich hatte
Alessa recht. Sie konnte nicht erwarten, dass Julien für sie
oder Chloé alles aufgab, wofür er bisher gelebt hatte. Und

trotzdem tat es weh, zu wissen, dass sie ihm so wenig bedeutete.

„Es tut mir leid. Ich will dein Opfer nicht umsonst sein lassen, aber ... aber sie ist meine Schwester, und ...“

„Keine Sorge, Fay. Ich verurteile dich nicht. Wie du habe ich nur versucht, meine Familie zu schützen. Ich habe damals meine Entscheidung getroffen – und Julien trifft heute seine. Vielleicht solltest du zu ihm gehen und ...“

Sie wirkte mit einem Mal sehr müde.

„... und versuchen, den Mann zu verstehen, der fürchten muss, den Glauben und das Vertrauen seiner Brüder zu verlieren. Denn ich sage dir eines, Fay: Keiner von ihnen sieht gerne ihre tausend Jahre alte Mission scheitern.“

Alessas Worte hallten in Fay nach, als sie zögernd die schmale Treppe auf die Dachterrasse hinaufstieg. Der kühle Stein unter ihren nackten Füßen machte ihr plötzlich bewusst, dass sie nur ein längeres Shirt zum Schlafen trug. Sie zögerte kurz, aber die Nacht war mild, und so ging sie weiter.

Auf dem Dach spannte sich eine Pergola aus Metall, die unter einem mächtigen Weinstock kaum auszumachen war. Dieser hatte jeden Zentimeter der Rankhilfe eingenommen und ein dichtes, aber luftiges Blätterdach gebildet.

Sie hörte Lamar, der ihr den Rücken zuwandte, sprechen. Cruz stand an der halbhohen Mauer, die die Terrasse umlief, und sah hinüber auf die Engelsburg, die in stiller nächtlicher Schönheit am anderen Ufer leuchtete. Die Lichter, die das *Castel Sant'Angelo* in Szene setzten, spiegelten sich im Tiber. Es war ein atemberaubender Ausblick, aber Fay hatte nur Augen für Julien. Er sah aus, als wäre er besiegt worden. Er lehnte an der Mauer, die ganze Kraft schien aus seinem Körper gewichen. Den Kopf gesenkt und in den Händen vergraben, lauschte er Lamars Worten.

Fay trat näher und bemerkte, dass dieser telefonierte.

„Ihr seid aber nicht hier!", hörte sie ihn wütend in das Smartphone schimpfen. „Die Entscheidung ist getroffen! Wir haben immer befürchtet, dass dieser Tag kommen kann, also vergeudet keine Zeit, sondern befolgt Juliens Befehl!"

Er lauschte der Erwiderung, und Fay wagte es nicht, das Gespräch zu stören.

„Louis! Hör auf, mit mir darüber zu streiten! Du weißt, was du zu tun hast! … Louis! … Verflucht, Louis!"

Julien schüttelte den Kopf und nahm Lamar das Telefon aus der Hand. Sein Blick fiel auf Fay, und für einen kurzen Moment schien er überrascht. Seine Augen suchte ihre, als er herrisch die Stimme aus dem Handy übertönte.

„Du hast meinen Befehl gehört und solltest es besser nicht wagen, ihn zu hinterfragen, Louis. Ich erwarte Arjen und Said mit dem Rubin morgen in Rom, hast du das verstanden?"

Julien beendete das Gespräch und gab Lamar das Telefon zurück.

Keiner sagte etwas, aber die Stimmung zwischen den drei Männern war angespannt. Fay wünschte, Juliens Blick hielte sie nicht so gefangen, denn sie wäre am liebsten unbemerkt zurück in ihr Zimmer geschlichen.

Am Horizont glühte rot der erste Streifen Tageslicht, als Cruz sich umdrehte, gähnte und wortlos die Treppe hinab verschwand.

„Lamar …", hielt Julien seinen Freund auf. „… wenn wir hier fertig sind … sollten wir schleunigst verschwinden. Ich will einen schnellen Rückzug. Auch Alessa kann nicht länger hier bleiben. Keiner von uns ist dann in Rom noch sicher."

Lamar verstand. Er klopfte seinem Anführer auf die Schulter, ehe er Cruz zurück ins Haus folgte.

Plötzlich mit Julien allein, wusste Fay nicht, was sie sagen sollte. Die Stille zwischen ihnen war erdrückend, und die Distanz schien unüberwindbar. Er hatte seinen Männern also – entgegen seiner eigenen Überzeugung –befohlen, das Elixier nach Rom zu bringen, um es gegen ihre Schwester einzutauschen. Eigentlich müsste sie Erleichterung verspüren, Freude – aber sie fühlte sich, als hätte sie alles verloren. Julien schien durch sie hindurchzusehen, so leer war sein Blick, und Fay wünschte, er würde etwas sagen. Irgendetwas. Doch er schwieg.

Langsam ging sie zu ihm. Nicht ganz nah, denn seine Haltung war abweisend, aber nah genug, um seinen vertrauten Duft einzuatmen.

„Julien …", flüsterte sie, ohne zu wissen, was sie sagen sollte. Sie wollte doch nur, dass er sie ansah. Den Kopf hob und sie … sah.

In ihrem ganzen bisherigen Leben hatte sie sich gewünscht, unsichtbar zu sein. Von der grausamen Welt nicht wahrgenommen zu werden und von den Kerlen, für die sie sich auszog, nicht wirklich gesehen zu werden. Schon als Kind hatte sie versucht, sich vor ihrem aggressiven Vater oder ihrer betrunkenen Mutter zu verstecken. Hatte immer so getan, als wäre sie Luft, um keine Aufmerksamkeit zu erregen.

Gesehen zu werden, bedeutete bisher immer Schmerz. Also war sie, soweit es ging, unsichtbar durchs Leben geschlichen.

Aber jetzt, in genau diesem Moment, wünschte sie sich nur eines: dass Julien Colombier sie ansah und dabei die Fay wiederfand, die sie irgendwann vor lauter Angst aufgehört hatte zu sein. Sie wollte, dass er sie sah … und erkannte, wie sehr sie ihn brauchte, wie sehr sie sich nach ihm sehnte und wie sehr seine Distanz sie schmerzte. Er sollte erkennen … dass sie ihn liebte.

Sie hob die Hand, streckte sie ihm entgegen – und ließ sie wieder sinken.

Unsicher strich sie sich die Haare aus dem Gesicht.

„Julien, bitte … bitte, sprich mit mir", flehte sie, und tatsächlich hob er seinen Blick.

Seine Augen – es war, als hätten dunkle Gletschermoränen alles Weiche darin unter sich begraben. Als hätte es nie eine Möglichkeit gegeben, den kristallklaren Grund des Gletschers zu ergründen.

„Deine Schwester wird frei sein", stellte er klar und drehte ihr den Rücken zu, als sei damit alles gesagt.

„Danke, Jul …"

„Bedanke dich bei Lamar. Du weißt, wie ich entschieden hätte."

Fay schüttelte verzweifelt den Kopf.

„Nein! Ich bedanke mich bei dir! Du bist es, der die Entscheidungen trifft, egal, was Lamar sagt."

Wütend drehte Julien sich wieder zu ihr um.

„Stimmt! Da hast du verdammt recht! Ich muss mit dem Wissen leben, dass es meine Entscheidung war, dem Feind die *Wahrheit* zu überlassen – welche Folgen auch immer das haben wird! Du hast keine Ahnung, Fay, was das bedeutet!"

„Aber …"

„Nein, Fay! Du wolltest, dass ich mit dir rede, dann hör jetzt zu! Meine Männer folgen mir, weil ich ihnen nie Grund gab, an mir zu zweifeln. Sie vertrauen mir, weil wir seit Jahrhunderten vereint sind in unserer Mission, die *Wahrheit* zu schützen, damit der Frieden bestehen bleiben kann."

Er kam näher, und sein Atem strich über Fays Wange.

„Weißt du, wie viele Leben wir dafür gelebt haben? Was wir uns verweigert haben? Welche Wunden wir dafür in Kauf genommen haben?"

Fay wollte ihn trösten, aber sein Zorn hielt sie zurück.

„Und dann kommst du …"

Er schüttelte den Kopf, als verstünde er sich selbst nicht.

„… und machst einen Narren aus mir. Zeigst mir mit deinem Lächeln, was ich mir wünsche, wonach ich mich sehne und dass ich gerne auf Hunderte von Leben, die noch vor mir liegen, verzichten würde, um eines zu haben, das ich mit dir verbringen kann! Du lässt mich in einer Nacht in deinen Arme meine tausendjährige Überzeugung vergessen und machst mich zum Verräter meiner Brüder."

Julien fasste sie an den Schultern, und Schmerz lag in seinem Blick.

„Du bist enttäuscht, weil ich dies alles nicht aus freien Stücken tat? Du bist sauer, weil ich meine Verantwortung über das Drängen meines Herzens gestellt habe, um mir vorzumachen, ich wäre stärker und besser, als ich es in Wirklichkeit bin?"

„Nein, Julien! Ich bin nicht böse. Ich weiß, dass ich einen Fehler gemacht habe. Meine Schwester so zu sehen … ich konnte keinen klaren Gedanken mehr fassen."

Sie legte ihm ihre Hände auf die Brust.

„Kannst du mir verzeihen?", fragte sie und hoffte auf Vergebung in seinem Blick, aber er schüttelte den Kopf.

„Dir verzeihen? Ist es das, was dir Sorgen macht?"

Er lachte hart auf, und es vibrierte unter Fays Fingern.

„Ich kann *mir* nicht verzeihen, Fay. Ich kann mir nicht vergeben, dass mir die *Wahrheit*, die Mission und meine Brüder nichts bedeuten, wenn ich dafür nur dich in meine Arme schließen kann! Was für ein erbärmlicher Mensch bin ich, Fay, wenn ich alles verrate, wofür ich stehe, nur um dich glücklich zu sehen? Ich bin ein noch viel größerer Idiot als Gabriel!"

Damit zog er sie heftig an sich, küsste sie und schob seine Hände unter ihr Shirt. Stürmisch in seiner Wut und Verzweiflung schob er ihren Slip hinunter und hob sie auf die Mauer.

Fay stöhnte, so drängend war auch ihr eigenes Verlangen, und die Erleichterung, die sie verspürte, weil sie Julien nicht verloren hatte, ließ sie seiner heftigen Begierde genauso leidenschaftlich begegnen.

Sie öffnete sein Hemd und ließ ihre Hände über seine Brust gleiten, während sie seine Küsse trank und seine Zärtlichkeit sie berauschte.

„Ich liebe dich, Julien!", flüsterte sie und öffnete seine Hose.

Der goldene Morgen verwandelte die Dächer der Stadt in glühende Fackeln und Fays rote Locken in tanzende Flammen, die Juliens Verstand zu verzehren drohten, als er Fay an sich zog und sich tief in sie versenkte. Ihre Hitze umschloss ihn, und in all den Jahrhunderten hatte es nie etwas gegeben, was es mehr wert gewesen wäre, dafür zu sterben als dies.

„Du bringst mich um", keuchte er, als sie lustvoll seinen Namen hinausrief und sich jedem seiner Stöße entgegenhob. Die ersten Sonnenstrahlen küssten Fays Brüste, sodass er eifersüchtig seine Hände darüber schloss, und das Gefühl ihrer harten Knospen unter seinen Fingern genoss. Er ertrank in ihrem Blick, der den Orkan widerspiegelte, der in ihrem pulsierenden Schoß tobte und der auch ihn immer weiter der köstlichen Erlösung entgegenpeitschte.

Julien packte ihre Hüfte, als er sich ein letztes Mal tief in ihr verlor, und zog sie noch näher, als ihr zuckender Höhepunkt seinen mit davontrug.

„Ich liebe dich auch", flüsterte er in ihr Haar und hoffte, die erwachende Stadt würde das Geheimnis ihrer Liebe für sich behalten. Er fühlte sich verletzlich wie ein neugeborenes Kind, als sie ihn glücklich anlächelte.

DAS SCHAF IM WOLFSPELZ

J ade rollte sich von der schmalen Pritsche, auf der sie die letzten Nächte verbracht hatte, und schlurfte zur Toilette. Erst sechs Uhr! Sie würde nur kurz pinkeln und sich dann nochmal zwei Stunden unter die Decke verkriechen. Immerhin hatte sie sich die halbe Nacht durch Polizeiakten gehackt, ehe sie gefunden hatte, wonach sie suchte.

Sie holte ihren Computer aus dem Standby, um sich noch einmal das Ergebnis ihrer Suche anzusehen:

Mave Buckley

Selbst auf dem Polizeifoto sah Mave besser aus als viele Models auf den Pariser Laufstegen. In ihren saphirgrünen Augen glomm das ungezügelte Feuer des Widerstandes gegen das System, das Jade früher auch bei sich hatte brennen sehen. Der Beamte, der das Foto gemacht hatte, hatte sicher gewusst, dass die Schöne jedes Verbrechen, das man ihr vorwarf, auch begangen hatte – nur nachweisen konnte man ihr in keinem einzigen Fall etwas.

Mave Buckley war die Beste der Besten! Aber nun galt es herauszufinden, ob sie auch gut genug war, es mit den Nebelmännern aufzunehmen.

Ohne allzu große Hoffnung tippte Jade auf die Maus ihres zweiten Rechners und pfiff ungläubig durch die

Zähne: Das Lämpchen auf dem Monitor blinkte tatsächlich grün. Endlich! Endlich hatte sie Zahlen, die ein rotes Kreuz auf das militärische Kartenmaterial zauberten, das sie geöffnet hatte.

Schnell zog Jade ihren Stuhl heraus und setzte sich, ohne den Bildschirm aus den Augen zu lassen. Ihr Blick wanderte von Mave Buckley zu den Koordinaten und zurück. Sie zog sich die Tastatur heran und ließ den Cursor nur so durch das Programm mit den geographischen Daten jagen. Hier ein Befehl, dort eine Eingabe, und nach wenigen Augenblicken baute sich ein scharfes Bild auf.

Jades Zungenpiercing klackte nachdenklich gegen ihre Zähne.

„Ihr Scheißkerle!", fluchte sie leise und vergrößerte den Bildausschnitt.

„Hier hat sich das Schaf aber mal zur Abwechslung den Wolfspelz angezogen!", staunte sie und zog sich die Daten, die sie brauchte, auf ihren USB-Stick.

Mit einem Blick auf André und Paul löschte sie die Festplatte und verwischte ihre Spuren. Dies war ihr Triumph – und den würde sie mit diesen Flachwichsern nicht teilen! Sie hatte es dem Nebelmann besorgt und sein Handy verwanzt. Sie hatte gefunden, wonach die *Bruderschaft* seit Langem suchte. Sie wusste, wo die Hüter waren. Und nicht nur das. Dieser Ort konnte unmöglich Zufall sein. Wenn sie sich nicht irrte, hatte sie der Sex mit dem Unsterblichen genau zu deren Unterschlupf geführt. Ein genial einfaches und doch überragendes Versteck, wie sie zugeben musste.

Leise schnappte sie sich ihre Jacke, holte den Beutel Gras aus ihrem Schreibtisch und steckte den Stick ein. Sie machte sich nicht die Mühe, ihre Boots zu schnüren, sondern schlich mit einem letzten verächtlichen Blick auf die anderen Hacker aus dem Keller. Dort zog sie sich die Kapuze über den blonden Pixie und steuerte den nächsten Geldautomaten an.

Die schöne Meisterdiebin Mave Buckley würde bezahlt werden wollen!

DAS KLOSTER

———————— ◆ ————————

IRLAND, HEUTE

Said, Louis, Arjen und Claudio standen auf der hohen, burgmauerähnlichen Klostereinfriedung, und der Wind blies ihnen ins Gesicht. Die Stimmung war angespannt, ihre Mienen verschlossen. Die grünen Hügel, die sich sanft über viele Meilen bis zur Küste hin erstreckten, vermochten es nicht, die Gemüter der Männer zu beruhigen. Wie die schnell über ihren Köpfen ziehenden Wolken schienen auch ihre Gedanken dahinzufliegen.

„Julien weiß, was er tut!", versuchte Arjen, das Verhalten seines Freundes zu rechtfertigen und seine Brüder zu beschwichtigen. „Wir haben für diesen Fall vorgesorgt. Es gibt keinen Grund, dass ihr euch so ereifert."

Louis knallte seine Faust auf den kalten Stein und warf dem blonden Krieger einen bösen Blick zu.

„Es geht nicht darum, dass wir nicht vorbereitet wären, sondern darum, dass wir gerade von Juls erwartet hätten, die *Wahrheit* mit mehr Ehrgeiz zu verteidigen!"

Said nickte knapp, wie es seine Art war.

„Ich sehe das wie Louis. Vielleicht ist es uns in den letzten Jahrhunderten zu leicht gefallen, das Elixier zu schützen! Vielleicht sind unsere Gedanken in dieser Unendlichkeit der Tristesse abgeschweift, sodass wir vergessen haben, warum wir uns zusammengetan haben.

Wir sind die Hüter der *Wahrheit,* und nun sind wir unseren Feinden blind in die Falle gelaufen."

Arjen schüttelte den Kopf. Sein langes Haar wehte im Wind, und sein Blick lag irgendwo auf den Hügeln in der Ferne.

„Aber gerade weil wir alle um unsere eigenen Schwächen wussten, übernahmen wir als Brüder diese Mission. Ihr wisst, was zu tun ist, also lasst uns uns auf den Kampf vorbereiten. Cecil soll den Pariser Rubin ... und unsere Waffen aus dem Tresorraum holen."

Claudio runzelte die Stirn.

„Aber der Stein aus Paris ist ..."

Arjen lachte und setzte sich geschmeidig auf die Zinnen des Verteidigungsrings.

„Das ist er, aber wer – abgesehen von uns – weiß das schon?"

„Glaubst du, Julien hatte diesen Gedanken?", hakte Said nach. Seine dunklen Augenbrauen stießen über seiner Nasenwurzel fast zusammen, so angestrengt überlegte er.

„Denken wir nicht immer in ähnlichen Bahnen? Er hat es nicht gesagt, und es ist ein Risiko, aber ich bin gewillt, das einzugehen", erklärte Arjen.

„Das könnte zum Kampf führen ...", sinnierte Said, und ein zufriedenes Grinsen erhellte seine orientalischen Gesichtszüge. „Ein Kampf – und die Gelegenheit, Gabriels Tod zu rächen ... wenn das nicht eine abwechslungsreiche Woche wird."

Es herrschte noch keine Einigkeit zwischen den Hütern, als Arnulf in den Kreuzgang des Klosters trat und zu ihnen hinaufsah. Er rief sie zu sich, und seine Anspannung schien den ganzen Klostergarten zu beschatten.

Besorgt sah er Said und Arjen an und führte sie in die kleine Kapelle.

„Ihr vergesst, dass wir schon wieder nur mit wenigen Männern hier zurückbleiben, wenn ihr beide nach Rom geht", mahnte er nachdenklich und schritt auf den Altar zu. Beiläufig betätigte er den Mechanismus am Kruzifix und wartete, bis der ganze Altar zur Seite aufschwang.

Seinen Brüdern voran, ging er die Stufen hinab.

Der Tunnel, der ebenso gut ein Bunker unter dem Weißen Haus hätte sein können, so sicher und zugleich erhaben wirkte er in seiner modernen Kühle, führte sie direkt in das geheime Zentrum der Hüter.

„Du, Cecil, Louis und Claudio werdet doch in der Lage sein, die Stellung zu halten? Es ist ja nicht so, als hätte man uns hier in den letzten Jahren die Türen eingerannt!", führte Arjen das Gespräch fort und setzte sich gelangweilt auf das lederne Loungesofa.

Arnulf kratzte sich die breite Nase, und sein ohnehin immer mürrischer Blick verdunkelte sich noch weiter, da sein blonder Gefährte seine Sorge anscheinend nicht teilte.

„Wie du meinst, Arjen, aber wenn das eine Falle ist, dann …"

„Dann schützt meterdicker Stahl und Cecils geniales Sicherheitssystem die beiden übrigen Rubine vor jeder Gefahr", beendete Arjen dessen Einwand.

Der während der Kreuzzüge verrückt gewordene Cecil verfügte in seinem Wahnsinn über eine Art unvergleichlicher Genialität, und seine ausgeklügelte Technik zog sich durch das ganze Kloster. Obwohl er mit seiner einen verbliebenen Hand nicht kämpfen konnte, war er ein wichtiger Teil ihrer Gruppe. So hatte er ihre Waffen für ihre Zwecke perfektioniert und die Abtei zu einer hochmodernen Basis ihrer Mission gemacht. Seine Idee war es auch gewesen, ein wenig beeindruckendes Kloster am Ende der Welt zu übernehmen, ohne dass die katholische

Kirche in Rom auch nur den Hauch einer Ahnung davon hatte.

So versteckten sie die *Wahrheit* direkt im feindlichen Lager, und bis heute hatte nie jemand Verdacht geschöpft. Es war unwahrscheinlich, dass sich das ändern würde, denn für Rom waren diese vergessenen Mauern nicht mehr als eine kaum nennenswerte Zahl in der jährlichen Kirchenbilanz.

Arnulf gab widerwillig nach und machte sich daran, die Verteidigungsanlagen scharf zu schalten, denn er wollte kein unnötiges Risiko eingehen, solange er mit Claudio und Louis nur zwei fähige Krieger an seiner Seite hatte.

Noch immer nicht besänftigt, sah Arnulf wenig später vom Aussichtspunkt auf dem Glockenturm zu, wie sich Arjen und Said auf den Weg nach Rom machten. In das Herz ihrer Feinde und mit einer Fracht, deren kostbarer Inhalt einen Krieg auslösen konnte.

Die Zeit des Abwartens und Stillhaltens schien vorüber. Es war nötig geworden, wieder für Ordnung zu sorgen.

DIE ÜBERGABE

———◆———

ROM, HEUTE

Marzia Colucci stand am Fenster von Paschalis'
Arbeitszimmer und sah hinab auf den
Petersplatz. Die Sonne ließ den Schatten des
Obelisken wie den Zeiger einer Uhr unaufhörlich
weiterwandern, während sie gezwungen war, zu warten.

Die Nachricht in ihrer Hand war vergessen, aber die
Worte peitschten wie damals Neros Hiebe ihren Verstand.
Sie kniff gequält die Augen zusammen und versuchte, sich
auf ihre Atmung zu besinnen.

Paschalis hatte dem Wanderer auf dessen letzte Botschaft
geantwortet, dass sie, um verhandeln zu können, einen
Beweis für sein angebliches Wissen um das Versteck der
Wahrheit brauchte.

Marzia hatte geglaubt, er spiele nur eines seiner Spiele.
Sie hatte vermutet, er würde keinen Beweis erbringen
können …

Anscheinend hatte sie sich geirrt.

*Ich will dich auf Knien vor mir, Sklavin — verdiene dir die
Wahrheit auf die Art, die mir gefällt,* hatte er geantwortet und
ihr den Beweis versprochen. Darum stand sie hier und sah
hinab auf den Petersplatz. Sie zitterte wie Espenlaub. Egal,
ob er ihr den Beweis erbringen würde: Sie konnte
unmöglich seine Forderung erfüllen. Er wollte nicht mit ihr

ins Bett. Einfacher Sex hatte ihn nie interessiert. Marzia wusste, er war hier, um seine Drohung wahr zu machen. Er wollte ihr alles nehmen, was sie erreicht hatte. Sein Ziel war klar: Er würde sie töten.

Sie ging unruhig im Arbeitszimmer des Kardinals auf und ab. Ihre Absätze klackerten auf dem Marmor, und sie fächelte sich Luft zu.

Sie brauchte Schutz! Eine Allianz ... aber mit wem? Wem konnte sie noch trauen? Den Hütern? Sie schienen das kleinere Übel ...

Die Glocken läuteten, und Marzia trat wieder ans Fenster. Sie griff nach ihrer Pistole.

Paschalis, der bis jetzt bleich und reglos in seinem Sessel gesessen hatte, zuckte beim Anblick der Waffe zusammen. Er ahnte, sie war in der Stimmung, ihn für all das verantwortlich zu machen.

Allerdings war er auch der Einzige, der ihr im Moment helfen konnte.

„Signora Colucci, sollen wir vielleicht auf den Schutz der Garde vertrauen?", schlug er zaghaft vor.

Marzia wandte sich nicht zu ihm um. Sie hatte ihn gehört, aber die Worte des Wanderers übertönten den Kardinal in ihrem Kopf: *Ich will dich auf Knien, Sklavin!*

Sie rieb sich mit dem Lauf über die Schläfe, ihre Hände zitterten. Es musste aufhören! Endlich aufhören!

Sie holte noch einmal tief Atem und drehte sich zu Paschalis um.

Bei allem, was in ihrer Macht stand, es würde aufhören!

„Ihr habt recht, Eminenz. Gebt den Befehl, den Platz zu umstellen und die Hüter sowie den Wanderer festzusetzen."

Sie fasste in den Ausschnitt ihrer Bluse und holte das goldene Kruzifix hervor. Mit entschlossenem Blick reichte sie es dem Kardinal.

„Ihr wisst, was zu tun ist! Macht dem ein Ende!"

Paschalis nickte, und seine Faust schloss sich um den im Kreuz verborgenen Schlüssel. So schnell es sein massiger Körper zuließ, eilte er zum Quartier der Schweizer Garde.

Der Wanderer war erregt. Dies würde ein Tag ganz nach seinem Geschmack werden. Er trat an Chloés Bett, die nackt zwischen den Pelzdecken lag. Sie gehörte ihm – mit Haut und Haar. Als er seine Hand über ihren Po gleiten ließ, erwachte sie und sah ihn misstrauisch an. Natürlich.

Er grinste, denn seit dem Treffen mit den Hütern hatte er sie ein gutes Dutzend Mal einen Kampf zwischen Lust und Pein austragen lassen. Das Spiel mit ihrem Körper und ihrer Erregung war weit befriedigender, als es der einfache Akt der Inbesitznahme wäre. Er kostete jeden ihrer Höhepunkte aus, indem er ihre Ekstase mit Schmerz vermischte, bis sie ihn anflehte aufzuhören, auch wenn ihre Augen darum bettelten, dass er sie endlich bestieg.

Er könnte seinen Triumph zwischen ihren Schenkeln feiern, und allein der Gedanke daran, ließ seinen Schwanz steinhart werden, aber er war kein Mann, der die Kontrolle über sich verlor. Unterwerfung, das war es, was er wollte – keinen einfachen Fick!

Er sah auf die Uhr. Noch genug Zeit, sich die Französin ein weiteres Mal zu unterwerfen.

Mit eisigem Lächeln drehte er sie mit einer einzigen Bewegung auf den Rücken.

„Nicht! … Ich kann nicht mehr …", flehte sie und kniff ihre Beine zusammen, aber er gab nichts darum. Er zog sie näher zu sich und spreizte ihre Schenkel.

„Bevor ich dich aufgebe, süße Chloé, muss ich wissen,

wie du schmeckst", flüsterte er und leckte von ihrem Bauchnabel abwärts.

Chloé wand sich in qualvoller Lust unter seiner unnachgiebigen Intimität. Er wusste, sie war längst an dem Punkt, wo jede Berührung einen wunden Schmerz verursachte.

Er schmeckte ihre Erregung, und ihre heißeren Schreie klangen wie Musik in seinen Ohren. Sie versuchte, sich ihm zu entwinden, aber als seine Zunge ihre Marter vertiefte, bäumte sie sich vor Lust auf. Wieder und wieder teilte er ihre wunde Weiblichkeit, und sie hob sich ihm entgegen, verstärkte seinen Druck und wölbte ihren Rücken, als der Höhepunkt immer näherkam.

„Bitte", flehte sie und zog ihn am Nacken höher, aber er wollte sie schmecken, wollte ihre Ekstase trinken und sie einatmen, während sie erkannte, welche Macht er über sie besaß.

———————◆·———————

Als Chloé den Höhepunkt erreichte, konnte sie nicht unterscheiden, ob lustvolle Erlösung oder quälender Schmerz ihren Körper durchspülte. Jeder Millimeter ihrer Haut war reizüberflutet, und ihre Mitte fühlte sich unerträglich leer an, als wäre sie ein eigenes glühendes Sonnensystem, das in ein schwarzes Loch gesaugt wurde. Schwer atmend sank sie in das Fell, nicht in der Lage, das Nachbeben ihres Orgasmus noch zu genießen.

Sie schlug sich die Hände vors Gesicht, denn sie wollte lieber sterben, als ihm zu zeigen, wie sehr sie sich wünschte, er käme in sie und würde diese Leere füllen. Die Scham, dass sie ihm erlaubte, sie so zu berühren … und dabei größte Lust empfand, obwohl sie ihn doch verachten sollte, zerrissen sie in dem Moment, in dem ihr Körper danach schrie, dass er sie endlich zur Frau machte.

„Warum tust du das?", fragte sie atemlos, als er über sie kam und die metallenen Schnallen an seiner Brust die Haut an ihrem Busen aufkratzten.

„Fragst du wirklich …", er leckte den Schweiß von ihrer Schläfe, „… warum ich dich nicht besteige?"

Seine Augen blitzten amüsiert.

„Weil das zu einfach wäre, süße Chloé. Du würdest mich verlassen und dir selbst einreden, dass ich dich gezwungen habe … dass du keine Wahl hattest. Und du würdest leugnen, wie viel Lust du hier erfahren hast, weil das gute Menschen so tun würden."

Seine Zunge strich über die blutverkrustete Augenbraue, und er keuchte. Chloé fühlte die Schwellung in seiner Hose an ihrem Becken, als er sich sanft an ihr rieb.

„Du nennst mich Arschloch, süße Chloé … aber in Wahrheit wünschst du dir nichts anderes, als dass es dir dieses Arschloch so richtig besorgt!"

„Du bist vollkommen verrückt!" Sie wollte ihn von sich stoßen, aber er hielt sie unter sich fest.

„Du willst meinen Schwanz tief in dir spüren?"

Seine derben Worte klangen beinahe zärtlich, und seine Zunge glitt tief in ihren Mund. Chloé war verwirrt, und die drängende Reibung an ihrer intimsten Stelle ließ sie schneller atmen.

„Aber so funktioniert das nicht. Du wirst mir nichts verweigern, dann gebe ich dir alles, was du begehrst – so lautet die Regel."

Er fasste ihr zwischen die Beine und steigerte ihre Begierde.

„Hör gut zu: Wenn du mir gibst, was ich will …" Seine Berührungen waren quälend langsam.

„... dann bekommst du nicht nur das, sondern alle Reichtümer, die du dir erträumst ... und Unsterblichkeit."

Chloé hob sich ihm fordernd entgegen. Sie keuchte hart, und ihre Lunge rasselte, als sie auf einer Welle aus Schmerz und Lust dahintrieb. Er biss sie in den Hals, während er sie erneut zum Höhepunkt brachte und ihr dabei ins Ohr raunte, was sie für ihn tun sollte.

Er war zufrieden. Chloé war genau dort, wo er sie haben wollte. Nun würde das Spiel in die nächste, spannendere Phase gehen. Nun würde er sich zurücklehnen und zusehen, wie Marzia und die Hüter sich in einen Krieg stürzten, der ihr aller Ende bedeuten konnte. Er würde Marzia mit ansehen lassen, wie ihm die Hüter die *Wahrheit* übergaben. Sie würde den Verrat derer spüren, mit denen sie ein Abkommen hatte, das ihrer Kirche Sicherheit verschafft hatte.

Und dann – dann würde er endlich Rache an seiner Sklavin nehmen. Sie musste auf seinen Handel eingehen, wenn sie retten wollte, was zu retten war und ein für alle Mal den Hütern ein Ende bereiten wollte.

Er öffnete eine Truhe und lächelte kalt, als sich seine Finger um Neros neunschwänzige Katze schlossen. Marzias Schicksal würde endlich wieder in seiner Hand liegen und sie zurück in die Rolle zwingen, in der er genussvoll mit der Peitsche ihren Rücken gezeichnet hatte.

Die Rubine, die er gegen die Metallkugeln am Ende ausgetauscht hatte, brachen glänzend das Licht, als er sie voll Vorfreude durch seine Finger gleiten ließ.

Marzias Ende würde der Anfang einer neuen Ära werden. Einer Ära mit Chloé. Nun hing alles davon ab, wie gut er sein Spiel mit der Französin bisher gespielt hatte. Er könnte verlieren ... aber das glaubte er nicht.

———————•◆•———————

Paschalis war völlig außer Atem und hielt sich die stechende Brust, als er das Hauptquartier der Schweizer Garde erreichte. Die Augen aller zum Dienst eingeteilten Gardisten, welche die Kameras von hier aus überwachten, hefteten sich auf ihn, als er, nach Luft schnappend, hereinkam.

„Eminenz?", fragte einer und trat ihm in den Weg. Das war das Herz der päpstlichen Sicherheit, und selbst ein Kardinal konnte nicht einfach unangemeldet hereinkommen.

„Hol Fischer! Es gibt einen Notfall! Schnell!", verlangte Paschalis.

Der Gardist zögerte, nickte einem seiner Kollegen zu, ein Auge auf den Besucher zu werfen, und wandte sich dann salutierend ab. Mit militärischem Stechschritt ging er davon und kam Augenblicke später in Begleitung des Kommandanten Erich Fischer zurück. Der Befehlshaber sah beunruhigt aus und winkte den Kardinal durch den Raum zu sich.

„Was gibt es, Eminenz? Von welchem Notfall sprecht Ihr?"

Paschalis zeigte das goldene Kruzifix, und Fischer presste die Lippen zusammen. Er verstand.

„Droht uns Gefahr?", fragte er und führte Paschalis umgehend in sein Büro. Dort trat er an die Wandvertäfelung aus Walnussholz und legte seine Hand auf das Kruzifix dort, das ein genaues Abbild dessen war, das Paschalis bei sich trug. Nur war das an der Wand um etliches größer.

„Wir brauchen jeden Mann, den Sie entbehren können, Oberst. Es gilt, unsere Feinde auf dem Petersplatz zu stellen", erklärte Paschalis kurz und bedeutete Fischer, sich zu beeilen. Der schob den Edelstein in der Mitte des Wandkreuzes nach oben und trat zurück, damit der Kardinal Marzias Schmuckstück in den nun sichtbaren Kolben stecken konnte.

„Keine Sorge, Kardinal ..."

Die Wandvertäfelung glitt geräuschlos beiseite und gab den Blick auf eine beeindruckende Anzahl von Hellebarden und Messern frei. Sie hatten alle eines gemeinsam. Ihre rubinroten Spitzen.

„... wir haben noch jeden Kampf gewonnen."

Fays Nerven lagen blank. Sie fühlte die Hitze des Tages wie durch ein Brennglas auf ihrer Haut, und es schien, als hätte jemand den Sauerstoff aus der Luft gefiltert. Sie war schwach und zittrig, als sie zwischen Juliens Männern die Engelsbrücke überquerte und die *Via della Conciliazione,* die Straße zum Petersdom, entlangging.

Julien hatte darauf bestanden, sie bei Alessa zurückzulassen, aber sie hatte sich schlicht geweigert, seinem Befehl zu folgen. Er konnte vielleicht seine Männer herumkommandieren, aber ganz sicher nicht sie!

Sie heftete ihren Blick auf seinen Rücken, der unter dem gleichen knielangen Ledermantel verborgen war, den auch die übrigen Hüter trugen. Die Blicke der Touristen, die sie damit auf sich zogen, schienen sie nicht einmal zu bemerken.

Julien führte die Gruppe an. Lamar ging wie ein

Gefängniswärter neben ihr her, und hinter sich spürte sie die rohe Kraft des orientalischen Kriegers Said und die Kampfbereitschaft des schlanken Arjen.

Die *Via della Conciliazione* kam Fay unendlich lang vor. Wie der Weg zur Guillotine.

Da half es nichts, dass Cruz gemächlich in einem grünen Lieferwagen an ihnen vorbeirollte und nahe des Petersplatzes den Warnblinker setzte, als wollte er etwas entladen. Er nickte Julien kurz zu. Ein Zeichen, dass alles vorbereitet war.

Fay hätte den kräftigen Kämpfer lieber an ihrer Seite gehabt.

Als sie den Rand des Petersplatzes erreichten, beeilte sich Fay, zu Julien nach vorne zu kommen. Rechts und links von ihnen nahmen die den Platz wie zwei Arme umschließenden Kolonnaden ihren Anfang, und Fay suchte panisch die dunklen Schatten zwischen den vielen Säulen nach dem Wanderer ab.

„Bleib hinter mir", forderte Julien, und sein Blick studierte ebenfalls abschätzend den Platz, die beiden Brunnen und die Kolonnaden.

„Denkst du, er ist schon hier?"

„Ich sagte, du sollst hinter mir bleiben! Was immer uns jetzt erwartet, ich will dich in Sicherheit wissen."

Lamar fasste Fay an der Hand und zog sie zurück.

„Du lenkst ihn ab!", knurrte er, und in seinem Blick lag eine deutliche Warnung.

Eine bunte Gruppe Touristen löste sich vom Brunnen rechts des Obelisken und überquerte den Platz zur anderen Seite.

Julien fluchte, und Fay wusste, er hatte gehofft, nicht so viele Menschen hier vorzufinden.

Die Glocken von Sankt Peter schlugen ihr Mittagsläuten

an. Eine der Touristinnen lachte schrill.

„Dort!"

Arjen zeigte auf den Obelisken. So kalt wie der Stein dahinter, lehnte der Wanderer an dem Relikt aus Neros Circus. An seiner Seite Chloé, die er besitzergreifend im Arm hielt.

„Was hält uns noch gleich davon ab, ihn hier und jetzt einfach zu erledigen?", fragte Lamar und strich sich über den Schädel. Dabei schwang sein Mantel auf, und Fay konnte einen Blick auf das Schwert an seiner Seite erhaschen.

„Er hat meine Schwester!", erinnerte sie ihn und fragte sich zum wiederholten Male, was diese Männer überhaupt glaubten, in der heutigen Zeit mit einem Schwert ausrichten zu können? Gab es nicht effektivere Waffen?

„Nicht mehr lange", erklärte Said, und Fay bekam Gänsehaut beim Geräusch der Klingen, die aus seinen Armstulpen unter dem Mantel in seine Hand glitten.

Auf Juliens Befehl hin setzten sie sich in Bewegung und traten ihrem Feind entgegen.

Als nur noch drei Meter zwischen ihnen standen, hob der Wanderer die Hand und zeigte auf die Kette, die Chloé an ihn fesselte.

Fay hätte vor Erleichterung, ihre Schwester lebend zu sehen, beinahe geweint, aber sie war sich bewusst, dass die Gefahr noch nicht vorüber war.

Chloé wagte es kaum, ihren Blick zu heben und sie anzusehen. Der Bluterguss auf ihrer Wange schimmerte im Sonnenlicht noch dunkler als zuletzt in der Krypta, und das weite, fließende Kleid aus weißer Seide war so geschnitten, dass es die schrecklichen Bissspuren und Würgemale an ihrem Hals deutlich zeigte.

„Ich trenne mich nicht gerne von ihr", erklärte der

Wanderer und sah Chloé bedauernd an.

„Sie schmeckt nach …“

Chloé errötete stark, und er grinste.

Er wusste, woran sie dachte.

„… nun, das wird euch nicht interessieren.“

Lamar legte Fay warnend die Hand auf die Schulter.

„Bleib ruhig. Er spielt mit dir!“, raunte er ihr ins Ohr.

„Mach sie los!“, forderte Julien und deutete auf die Kette, aber sein Gegner schüttelte den Kopf.

„Erst will ich den Rubin.“

Julien nickte, und Arjen trat mit dem Edelstein nach vorne.

———————◆◆———————

Marzias Magen rebellierte, seit sie Paschalis den Befehl zum Angriff gegeben hatte. Atemlos drückte sie sich an eine der Marmorsäulen, die Waffe in ihrer Handtasche fest umklammert. Um Unauffälligkeit bemüht, lief sie von den Kolonnaden hinüber zum Brunnen. Die wenigen Meter erschienen ihr endlos, aber weder die Hüter noch der Wanderer konnten sie hier sehen, wohingegen sie gute Sicht auf alles hatte, was sich am Obelisken zutrug. Sie bemerkte sogar das Zittern der jungen Frau, die an des Wanderers Seite stand.

Sie fragte sich, ob Fischers Gardisten bereits auf Position waren oder ob sie im Moment allein ihren Feinden gegenüberstand.

Tat sie das Richtige? Würden die Hüter wirklich ihre Drohung wahr machen und eine Allianz mit ihrem Peiniger eingehen, weil sie die Kirche für Gabriels Tod verantwortlich machten?

Sie verfluchte Paschalis, der sie in diese Lage gebracht

hatte, und wusste, Colombier würde sich nach einem Angriff auf ihn und seine Männer nicht länger an ihre Abmachung gebunden fühlen. Beging sie einen furchtbaren Fehler?

Sie überlegte, ob sie umkehren sollte. Konnte sie Paschalis oder Fischers Söldner noch aufhalten, oder waren die Würfel bereits gefallen? Sie entdeckte Fischer, der mit einer Pistole in der Hand von Säule zu Säule schlich. Wusste er denn nicht, dass er gegen die Unsterblichen damit nichts ausrichten konnte?

Eine Bewegung am Obelisken riss sie aus ihren Gedanken, und sie erstarrte, als sie sah, was dort vor sich ging. Einer von Juliens Männern, ein blonder Hüter, präsentierte dem Wanderer einen faustgroßen Rubin.

„Nein!", keuchte sie.

Es schien, als würde ihr der Boden unter den Füßen weggezogen. Er durfte das Elixier nicht in seine Hände bekommen! Er würde es verwenden, um sie zu vernichten, das wusste sie.

Und Colombier? Wie konnte er sie so verraten? Er hatte beim Leben dieses nichtsnutzigen, blinden Mädchens geschworen, die *Wahrheit* verborgen zu halten und dafür zu sorgen, dass das Lügengerüst der Kirche nicht bedroht wurde!

Sie kauerte sich hinter den Brunnen, obwohl sie am liebsten ihre Wut hinausgeschrien hätte. Die Welt verschwamm ihr vor Augen, so schmerzte die Erkenntnis, wirklich und wahrhaftig allein und umringt von Feinden zu sein.

Sie erhob sich auf die Füße, spähte über den Beckenrand des Brunnens und zog die Waffe. Ihr Puls raste, als sie den Abzug drückte und der Rückschlag ihr einen harten Stoß versetzte.

Der Schuss hallte über den heiligen Platz und ließ für Sekundenbruchteile jede Bewegung erstarren, ehe panische Schreie auf den Knall folgten.

Fay erkannte das Geräusch als Schuss, konnte ihm aber keinen Sinn zuordnen. Sie war unfähig, sich zu rühren, und sah hilflos mit an, wie ein Stück des Obelisken abplatzte und in kleinsten Teilchen auf ihre Schwester niederregnete. Sie hörte die Schwerter der Hüter aus ihren Scheiden gleiten, sah den Wanderer den Rubin an sich reißen und Arjen mit einem Tritt zu Boden befördern. Julien hob sein Schwert und machte einen Satz auf den Wanderer zu.

Ein weiterer Schuss zerriss die Luft, und Lamar drückte Fay zu Boden.

„Bleib unten!", rief er und baute sich vor ihr auf. Alles geschah wie in Zeitlupe. Während eines Herzschlags registrierte sie, wie Lamar sich aus dem Schutz der Gruppe löste und seinen langen Dolch hob. Er drängte nach vorne, an Chloés Seite.

Eine kreischende Touristin duckte sich vor den Brunnen, und Fay überlegte, wovor diese sich in Sicherheit brachte. Dann sah sie die dunkelhaarige Frau mit der Waffe.

Fays warnender Schrei klang selbst in ihren Ohren erschreckend schrill und vermischte sich mit den vielstimmigen Flüchen der Hüter, die erkannten, was Fay nur aus dem Augenwinkel wahrnahm. Gardisten in ihrer blauroten und gelben Uniform rückten auf den Platz vor und umringten mit nach vorne gerichteten Hellebarden das Geschehen. Das rote Funkeln ihrer Waffen ließ Fay das Blut in den Adern gefrieren und sich ängstlich nach Julien umsehen. Der schien mitten in der Bewegung erstarrt, offenbar hin- und hergerissen zwischen dem Wunsch, auf den Wanderer loszugehen und dem Drang, sich und seine Männer in Sicherheit zu bringen.

Vielleicht ist er aber auch nicht erstarrt, dachte Fay wie in einem Traum, *sondern die Zeit läuft so langsam.* Erst jetzt tat ihr Herz seinen nächsten Schlag. Es mussten Stunden seit dem letzten vergangen sein.

Als wären sie von erstarrendem Harz umgeben, das jede ihrer Bewegungen lähmte.

Das laute Lachen des Wanderers klang surreal – in einer Situation wie dieser vollkommen fehl am Platz, und das erregte Fays Aufmerksamkeit.

Er ließ die *Wahrheit* in seinem Pelz verschwinden, und der kalte Zug um seine schmalen Lippen sah aus, als amüsierte er sich. Er hielt seinen Rubindolch in der Hand, die Julien gefährlich nahe war, und riss fest an der Kette, die ihn mit Chloé verband.

Chloés plötzlicher Schmerzensschrei fraß sich in Fays Herz, und sie verstand nicht, was geschehen war, als sich das Kleid ihrer Schwester rot färbte und sie gequält zu Boden stürzte.

Die Fessel an des Wanderers Hand hatte sich gelöst, und er ging auf Julien los.

„Chloé!", rief Fay und kroch zu ihrer Schwester hinüber. Sie schrie noch immer, und dieser Laut zog Fay beinahe die Haut ab, so unerträglich war er. Chloé riss verzweifelt an ihrem Kleid. Es schien ein Wickelkleid zu sein, und sie war dabei, es zu öffnen.

„Was ist passiert?", fragte Fay hilflos.

Wie ein roter Gürtel glänzte das Blut um Chloés Hüfte.

———◆———

Marzia beobachtete das Treiben auf dem Platz. Sie hatte

keine Augen für die zwei Frauen und nahm nur am Rande wahr, wie die Gardisten vergeblich versuchten, es mit den kampferfahrenen Hütern aufzunehmen. Aber die Leibgarde war in der Überzahl, und es war nur eine Frage der Zeit, bis sie diesen Kampf für sich entscheiden würden.

Doch auch das war Marzia egal. Für sie gab es nur zwei Männer, mit denen sie abrechnen wollte. Und zwar persönlich. Mit großer Ruhe stützte sie die Arme auf den Brunnenrand und legte an. Der kurze Lauf ihrer Waffe machte einen Schuss auf diese Distanz schwierig, aber nicht unmöglich. Und die beiden kämpfenden Männer kamen ihr immer näher. Sie atmete tief ein – und ihr Finger zuckte am Abzug.

Mit einem Lächeln nahm sie den Verräter ins Visier.

―――――◆―――――

„Mach es ab! Schnell!", kreischte Chloé und riss den Stoff beiseite, aber noch ehe Fay auch nur erkennen konnte, wovon ihre Schwester sprach, fiel wieder ein Schuss.

Fay zuckte zusammen. Sie duckte sich über Chloé und suchte den Platz nach Julien ab.

Die Hüter lagen im Kampf mit den Gardisten. Schwerter trafen auf Hellebarden, und der Kreis der Angreifer zog sich immer weiter zu. Fay spürte Chloés Blut warm an ihrem Arm, aber es schien, als wäre dies etwas, das außerhalb ihres Sonnensystems geschah. All ihre Sinne waren auf eines ausgerichtet: Julien inmitten dieses Albtraumes zu finden. Als sie ihn endlich sah, entstieg ihrer Kehle ein Schmerzensschrei – um ein Vielfaches lauter als der ihrer Schwester.

―――――◆―――――

Julien duckte sich unter der Klinge seines Gegners hindurch und teilte einen Hieb mit dem Schwert aus. Der Schweiß lief ihm den Rücken hinab, und er kam nicht umhin, Kraft und Geschick des Wanderers zu bewundern. Dieser war zäh wie das Leder, das seinen Körper umgab, und jeder seiner Schritte schien aus kalter Berechnung geboren. Seine Klinge war kürzer als Juliens, aber seine Stiche kamen schnell und äußerst präzise.

Gerade entkam Julien nur knapp seiner Attacke, darauf bedacht, seinen Feind von Fay und ihrer Schwester fortzulocken. Den Rubin zu verlieren, schien ihm im Moment das kleinste seiner Probleme, wenn er an die Männer in den gestreiften Uniformen dachte.

Wo zur Hölle blieb Cruz?

Als der grüne Lieferwagen endlich mit quietschenden Reifen eine Bresche in die Reihe der Gardisten schlug, die panisch zur Seite sprangen, um nicht überfahren zu werden, lachte der Wanderer, und nutzte den Moment der Ablenkung für seinen Rückzug.

„Colombier, mein Freund – es war mir ein Vergnügen", rief er, als ein weiterer Schuss ertönte.

Julien spürte das Feuer in seiner Brust, das sich wie bei einer Explosion in seinem ganzen Körper ausbreitete. Kraftlos fiel er zu Boden. Der Atem blieb ihm im Hals stecken, während eisiges Grauen ihn erfasste. Er wandte den Kopf und sah zu Fay.

Ihre Blicke trafen sich. Er sah ihre Tränen … dann wurde es schwarz um ihn.

———◆———

Überrascht vom unerwarteten Sturz seines Gegners, steckte der Wanderer die Rubinklinge zurück in die Scheide und zog seine zwei Berettas. Mit beinahe bedauerndem Schulterzucken folgte er dem Blick des am Boden liegenden Julien. Die beiden Frauen im Schatten des mächtigen Obelisken waren nur Randfiguren in ihrem jahrhundertealten Kampf.

Mit einem Lächeln nahm er das Bild von Chloé in sich auf, die schwach und zitternd in ihrem Blut lag. Er keuchte lustvoll, als er sich den Schmerz vorstellte, den sie zu ertragen hatte, und wünschte fast, sie nicht gehen lassen zu müssen. Ihre Qual berauschte ihn, und ihr Blut lockte ihn wie der Zucker die Fliegen.

Er wusste, sie sah ihn durch ihren Tränenschleier hindurch. Er wusste, sie fragte sich, warum er sie nicht einfach zerstörte – denn sich bewusst für ihn zu entscheiden, bedeutete ebenfalls ihr Ende … nur würde sie sich damit selbst zerstören.

Als Lamar unter dem Schutz seiner Brüder die beiden Frauen in den Lieferwagen schaffte, hob der Wanderer die Berettas und verneigte sich leicht vor Chloé.

Er streckte die Arme gerade vor sich und feuerte auf die Gardisten. Rückwärts näherte er sich dem Petersdom und schoss dabei auf jeden, der ihn nur ansah.

Eine Frau kauerte heulend auf den Stufen der Basilika, und er richtete seine Pistole auf ihren Kopf.

„Buongiorno", grüßte er mit einem Augenzwinkern und genoss es, wie sie in Todesangst die Augen schloss.

Da entdeckte er Marzia. Für sie holte er noch einmal den Rubin hervor und hielt ihn ihr demonstrativ entgegen. Der Beweis, den sie gefordert hatte. Die Frau zu seinen Füßen weinte, aber viel befriedigender war das kalte Grauen im Blick seiner Sklavin. Sie hatte jetzt keine andere Wahl, als ihm alles zu geben, was er verlangte.

Die Gardisten kamen näher, und mit einem

verächtlichen Blick auf das heulende Weib zu seinen Füßen hob er die Waffe und feuerte über ihren Kopf auf einen der Angreifer. Trotzdem war es ihr Schrei, der ihn die wenigen restlichen Stufen zur Basilika hinauftrug.

***

„Fahr los!", brüllte Lamar, nachdem er Chloé und die sich wehrende Fay in den Lieferwagen geschafft hatte. Sein Schwert war blutig wie das seiner Brüder, die noch alle Hände voll zutun hatten, sich gegen die Überzahl an Gardisten zu wehren. Said schlug sich mit den beiden Sarazenenklingen sehr gut, und Arjen hatte nicht weniger Gegner ausgeschaltet. Aber keiner außer Lamar schien bemerkt zu haben, dass Julien getroffen war.

„Hilf ihm!", schrie Fay und war nahe daran, wieder aus dem Wagen zu springen.

„Verdammt, Weib!", brüllte Lamar und stieß sie grob zurück. „Bleib da drin und kümmere dich um deine Schwester!"

Cruz hupte, und Said und Arjen gaben ihre Abwehr auf und flohen zum Wagen. Lamar fluchte laut, als er erkannte, dass Julien inzwischen von Gardisten umringt war. Es war aussichtslos.

„Komm schon!", rief Arjen und zerrte an Lamars Mantel, damit dieser einstieg.

Ohne seinen Blick von Julien zu nehmen, sprang er in den Laderaum, und Cruz donnerte mit durchdrehenden Reifen davon.

„Seid ihr verrückt! Haltet an! Ihr könnt ihn nicht zurücklassen!", kreischte Fay und ging auf Lamar los.

Der war nicht in der Stimmung, zu diskutieren. Grob packte er Fay an den Schultern und schob sie zu ihrer

Schwester.

„Ihr Feiglinge!", rief sie weiter, aber Lamar schnitt ihr das Wort ab.

„Sei still! Wir befolgen nur Juliens verdammten Befehl!"

Cruz raste die Straße hinab, und sie wurden ordentlich durchgeschüttelt. Darum rutschte Arjen zu ihnen und stabilisierte Chloé, die das Bewusstsein verloren hatte.

„Die Mission kommt vor dem Einzelnen", erklärte er, was Lamar meinte. „Julien wollte dich und deine Schwester auf jeden Fall in Sicherheit wissen. Dafür sorgen wir nun. Um ihn kümmern wir uns später."

„Aber er war verletzt! Angeschossen! Ihr könnt ihn doch nicht einfach da liegen lassen!"

Fay zitterte vor Hilflosigkeit. Warum tat denn niemand etwas?

„Hast du nicht die Überzahl gesehen? Sollen wir noch mehr Männer gefährden, in einem sinnlosen Versuch, Julien zu retten?" Lamar war laut geworden. „Die Hellebarden, die sie auf ihn richteten, glänzten rubinrot! Es ist vorbei! Wenn sie ihn tot sehen wollen, dann ist dies ihre Gelegenheit!"

Noch ehe Fay etwas erwidern konnte, hielt der Transporter an, und Said riss die Tür auf.

„Kommt, ab ins Boot", hetzte er und deutete auf das Schnellboot, das am Kai unter ihnen am Tiberufer festgemacht war. Cruz sprang bereits, mehrere Stufen auf einmal nehmend, hinab und löste die Leinen. Lamar hatte Chloé auf dem Arm. Said folgte dicht hinter ihm, und Arjen drängte Fay, einzusteigen.

„Setz dich und halt deine Schwester fest!", wies er sie an und gab Cruz das Zeichen, loszufahren.

Mit Highspeed flog das Boot übers Wasser, und Fay klammerte sich an ihre Schwester. Ihre Tränen trockneten im Fahrtwind, und ihr rotes Haar schlug ihr ums Gesicht, sodass niemand ihr Entsetzen sehen konnte.

„Was ist mit ihr?", fragte Arjen und schob, ohne zu zögern, Chloés Kleid bis zu ihrer blutigen Hüfte nach oben.

„Dieser Teufel!"

Erschüttert sahen sie auf den Gürtel, den Chloé unter der weißen Seide trug. Wie Nieten waren innen rundherum messerscharfe Spitzen befestigt, die sich ihr bei dem Ruck an der Kette tief ins Fleisch gegraben hatten.

„Was ist das?", fragte Fay, die Mühe hatte, ihren Mageninhalt nicht von sich zu geben, so erschreckend war der Anblick.

„Es ist eine Art Geißel. Um Demut zu lernen und Buße zu tun, fügte man sich früher auf verschiedene Arten Schmerzen zu."

Während er sprach, drehte er Chloé auf den Rücken und löste die Gürtelschnalle des Folterinstruments.

„Man kann mithilfe der Gürtellöcher den Grad der Geißelung einstellen. Sie trug den Gürtel lose auf der Haut liegend, erst des Wanderers Ruck an der Kette trieb ihr die Spitzen in die Haut."

Er sah Fay mitleidig an.

„Ihr Blut war sein Ablenkungsmanöver."

„Mach es ab!", sagte Fay tonlos, ohne den Blick von den tiefen Wunden zu nehmen, die den mageren Körper ihrer Schwester verunstalteten. Die verblassenden Blutergüsse auf der Haut und die deutlichen Bisspuren verstärkten ihre Übelkeit. Hass auf den Wanderer, heiß wie flüssige Lava, entbrannte in ihrem Herzen.

„Es wird ihr wehtun, wenn ich es entferne. Und es wird wieder anfangen, zu bluten", gab Arjen zu bedenken, aber Fay sah ihn entschlossen an.

„Mach es ab! Sofort! Wenn sie aufwacht, will ich nicht,

dass sie so etwas an die furchtbare Zeit erinnert. Ganz zu schweigen von dem Kerl!"

Sie hielt ihre wimmernde Schwester fest, als Arjen zaghaft die einzelnen Spitzen herauszog. Er gab sich Mühe, das konnte Fay sehen, aber trotzdem wand sich Chloé vor Schmerzen. Das schmatzende Geräusch, jedes Mal, wenn ein weiterer Dorn aus ihrem Fleisch glitt, ließ selbst den abgebrühten Krieger blass werden.

Da Cruz inzwischen das Tempo drosselte, wankte das Boot nicht mehr so stark, und das erleichterte Arjens Arbeit. Er war gerade fertig, als sie das Ufer ansteuerten.

„Was ist los?", fragte Fay und sah sich um. Sie hatten Rom, ihre Feinde und Julien längst hinter sich gelassen.

Lamar stand auf. Er nickte seinen Brüdern zu und versuchte sich für Fay an einem Lächeln. Dann sprang er von Bord. Ohne ein Wort ging er davon, den Blick aus seinen eisblauen Augen auf die fernen Dächer der Ewigen Stadt gerichtet.

„Cruz?", rief Fay, als dieser den Motor wieder hochdrehte und davonfuhr, aber es war Arjen, der antwortete.

„Lamar missachtet mal wieder einen Befehl!"

BÖSES ERWACHEN

◆

Marzia stand am Fenster und sah hinaus in die Nacht.

„Ihre Einmischung war nicht nötig", wies sie Fischer erneut zurecht, ohne ihre Betrachtung zu unterbrechen. „Gehen Sie nun und lassen Sie weiterhin Wachen vor der Tür postiert. Außerdem verstärken Sie für die nächsten Tage alle Sicherheitsmaßnahmen."

Der Oberst der Schweizer Garde nickte und verneigte sich.

„Sehr wohl. Und was machen wir mit ihm?"

Er deutete auf den reglosen Körper, der auf der ledernen Récamiere in Paschalis' Arbeitszimmer lag.

„Darum kümmere ich mich. Geht jetzt!"

Marzia wandte sich nicht um, bis sie das Geräusch der sich schließenden Tür vernahm. Als sie allein war – allein mit Julien Colombier – blieb sie noch eine Weile am Fenster stehen und versuchte, Ordnung in ihre Gedanken zu bringen.

Es war nicht ganz so gelaufen, wie sie es sich erhofft hatte.

Die Garde hatte versagt. Die Hüter waren, bis auf ihren Anführer, entkommen. Und der Wanderer … sie hatten ihn in der Basilika aus den Augen verloren.

Sie schlang sich die Arme um den Körper gegen die

plötzliche Kälte. Er war also noch dort draußen. Und er hatte die *Wahrheit*!

Sie atmete tief ein, wie um sich vor dem zu wappnen, was kommen mochte, und drehte sich um.

Im Schein der wenigen Kerzen, die sie entzündet hatte, trat sie näher an die Récamiere. Zögernd setzte sie sich, und, wie eine Mutter bei einem Kind, fuhr sie dem Mann durchs Haar. Es war seidenweich und fühlte sich im Gegensatz zu seiner wächsernen, kalten Haut beinahe noch lebendig an.

Sie schob die Decke beiseite, die über seinen Körper gebreitet war und strich über die klaffende Wunde in seiner Brust. Die Kugel hatte ein tiefes, faseriges Loch gerissen.

Ohne jede Emotion betrachtete sie auch die Narben an seiner Seite und die alte Wunde an seiner Brust. Das hatten sie gemeinsam. Narben. Ein endloses Leben bescherte einem viele davon, und nur wenige waren oberflächlich.

Es war merkwürdig, dass sich diese schöne Männerbrust unter ihren Fingern nicht zum Atemzug hob. Marzia legte ihre Hand flach auf das stillstehende Herz.

Wie sich Sterben wohl anfühlte?

Eine ganze Weile saß sie reglos neben dem Mann, der einst ihr Verbündeter gewesen war. Sie hatte ihm vertraut. Dem Mann, der mehr Ehre im Leib hatte als irgendwer sonst. Der es zu seiner Mission gemacht hatte, die *Wahrheit* zu schützen!

Wir sind keine Feinde, Marzia, hatte er ihr vor langer Zeit versichert. *Deine Kirche ist etwas, wonach sich die Menschen sehnen, etwas, das ihnen guttut. Dass das Fundament ihre Glaubens eine Lüge ist, ist dabei unwichtig. Du hast von uns nichts zu fürchten. Wir wollen diesen Frieden nur erhalten.*

Marzia kniff böse die Lippen zusammen.

Dieser Heuchler! Sie hatte seinen Verrat mit eigenen

Augen gesehen! Dem ärgsten Feind hatte er die *Wahrheit* überlassen, obwohl die katholische Kirche den Hütern unermesslichen Reichtum für ihr Schweigen gegeben hatte.

Sie waren nichts weiter als lumpige Erpresser, die sich ein heroisches Ziel auf die Flagge schrieben!

Marzia sprang auf. Sie ertrug die Nähe des Hüters nicht, darum ging sie zurück zum Fenster und stieß es weit auf. Der Morgen war nicht mehr weit.

Wie gerne hätte sie Julien für seine grausame Abtrünnigkeit bestraft! Aber nun … sie drehte sich um und funkelte den leblosen Körper böse an. Nachdenklich sah sie hinüber zum mächtigen Tisch des Kardinals, wo noch immer ihre Pistole lag. Selbst im schwachen Licht der Kerzen erahnte sie den roten Schimmer ihrer Spezialmunition.

Eigentlich sollte ihr Projektil in seiner verräterischen Brust stecken, nicht die einfache Kugel von Fischer!

Aber dafür war es ja noch nicht zu spät!

Sie griff sich die Pistole und trat damit an die Récamiere, als die ersten Sonnenstrahlen wie Nadeln hinter den Häusern hervorstachen und goldene Linien auf den Boden zu ihren Füßen zeichneten. Heißer Wind kam auf, und Papiere wirbelten vom Schreibtisch. Sie fluchte. Widerstrebend steckte sie die Pistole ein und trat an die Tür.

Er war von Fischers tödlichem Schuss getroffen worden und gefallen wie jeder Sterbliche – aber jetzt, am Morgen danach, brachte ihn die Macht des Elixiers zurück.

Marzia legte den Kopf schief und lächelte. Er würde es ihr sagen. Wie es war, zu sterben. Wirklich zu sterben, nicht durch den Zauber des Elixiers.

Mit diesem Gedanken ging sie aus der Tür, ohne sich noch einmal nach den verzehrenden Flammen umzudrehen, in deren goldenen Nebel Julien Colombiers Körper erglühte.

Die Jagd nach der *Wahrheit* geht weiter …
THE DARKEST RED – IM DUNKEL VERBORGEN

Im Dunkel verborgen
The Darkest Red 3

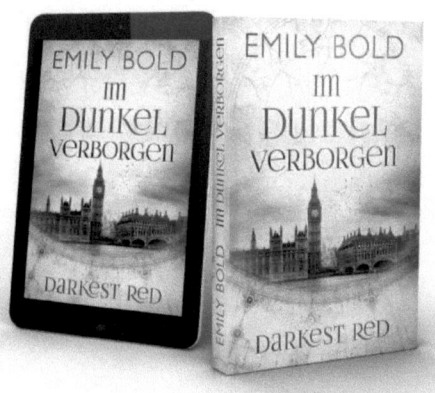

Eine Forschungseinrichtung im Herzen Londons wird für die Hüter der Wahrheit zu einer tickenden Zeitbombe. Das größte Geheimnis der Christenheit, das seit Jahrhunderten im Dunkel verborgen war, droht nun die Welt in den Abgrund zu stürzen.

Nach den fatalen Erlebnissen in Rom und Juliens Gefangennahme flüchten sich die Hüter mit Fay und ihrer traumatisierten Schwester in das geheime Versteck nach Irland. Doch die Sicherheit trügt, denn ohne ihren Anführer herrscht plötzlich Misstrauen unter den Männern, die so lange Zeit wie Brüder füreinander einstanden.
Die Ereignisse überschlagen sich, als der Verräter aus ihrer Mitte zum alles vernichtenden Schlag ausholt und ihre Feinde der Wahrheit immer näher kommen.

Emily Bold wurde 1980 in Mittelfranken geboren, wo sie auch heute noch mit ihrem Mann und ihren beiden Töchtern lebt. Sie schreibt Liebesromane, Paranormal Romance und Jugendbücher und blickt mittlerweile auf vierzehn deutschsprachige sowie sechs englischsprachige Bücher und Novellen zurück, die den Lesern viele romantische Stunden, und Emily Bold eine begeisterte Leserschaft beschert haben. Roman Nr. 15 ist bereits in Arbeit. Über das Schreiben sagt sie: „Schreiben ist für mich Entspannung, Passion und Leidenschaft. Mit meinen eigenen Worten neue Welten und Charaktere zu erschaffen ist einfach nur wundervoll."

„Ein Kuss in den Highlands" ist nach „Klang der Gezeiten" Emilys zweiter zeitgenössischer Liebesroman.

Emily freut sich über Post von ihren Lesern – schreiben Sie ihr: kontakt@emilybold.de oder besuchen Sie Emily im Web: emilybold.de und thecurse.de.

BÜCHER VON EMILY BOLD

Fan werden! facebook.com/emilybold.de